SWORD ART ONLINE

Progressive 005

U0081990

「這雖然是遊戲，但可不是鬧著玩的。」

「SAO刀劍神域」設計者
茅場晶彥

SWORD ART ONLINE

REKI KAWAHARA

ABEC

川原 礫
插畫／abec

Kadokawa Fantastic Novels

黃金定律的卡農（上）

艾恩葛朗特第六層　二〇二三年一月

「哈啾！」

從後方傳來這種怪聲，於是我急忙轉頭。

結果看到我的暫定搭檔細劍使用雙手遮著嬌小的鼻子。數秒後，她微微地把上半身往後仰，接著——

「哈啾！」

「……妳是在打噴嚏嗎？還是在表示明天的早餐想要吃芫荽？」（註：此處亞絲娜打噴嚏的聲音與芫荽的日文類似）

我不自覺這麼問道，依然壓著鼻子的細劍使就瞪了我一眼。

「我討厭芫荽！」

「那鹽須呢？」

「討厭。」

「那香菜呢？」

「討厭……那全部都是同樣的東西吧！」

老實地順勢吐嘈完之後，等級18的細劍使亞絲娜混著嘆息繼續說道：

「我想……大概是打噴嚏吧。雖然我不確定就是了。」

「咦？什……什麼意思？是不是打噴嚏妳自己應該知道吧……」

此時我認真地感到疑惑，在道路的正中央停下腳步。

一兩個小時前還人潮洶湧的艾恩葛朗特第五層主街區卡魯魯茵的主要道路上，現在宛如騙人般地蕭條。這是因為為了慶祝二〇二三年到來的煙火倒數宴會已經結束，玩家們都各自回到旅店——或是練功場的緣故。

在城鎮外郊的古城遺跡觀賞煙火的我和亞斯娜，等到城鎮安靜下來便離開了古城。理由是因為在古城裡碰上了無法預期的危險遭遇。在人群中的話，就連有提升搜敵技能的我都難以察覺是否有人跟蹤。

我無意識地把視線往後瞄並等待亞絲娜回答，結果她卻意外地認真回答：

「噴嚏是身體在寒冷時提升體溫，或是排出鼻內異物的不自主運動吧？不管是哪個對虛擬角色來說都是不需要的。」

「哦哦，這個嘛，的確是啦……」

「也就是說，若是SAO的系統特意重現模擬的打噴嚏機能，那麼這是否真的能稱為打噴嚏呢……就是這麼回事。」

「原來如此啊……」

我感到佩服並點了點頭，接著也突然覺得鼻子開始癢了。雖然不曉得是因為寒意，或是聽到不斷連發的打噴嚏這個詞語的關係，總之越來越忍不住——

「噗啾！」

在我猛然讓噴嚏聲炸裂之後，亞絲娜滿臉笑意地說：

「哎呀，你明天的早餐想吃普切塔呀？」（註：此處桐人打噴嚏的聲音與普切塔的日文類似）

「……普切塔是什麼？」

「類似義大利的開胃小點的料理。」

「那好像很好吃耶……」

我一邊在腦中展開對於普切塔這道料理的想像圖，一邊無意識地把長大衣的衣領合攏，然後才注意到——

「……話說，妳不覺得冷嗎？」

「……的確是會冷呢……」

細劍使點了點頭，雖然她上半身披著附有兜帽的羊毛斗篷，但下半身就只有迷你裙，耐寒性能看起來實在不高。在這種時候，帥氣的男人也許會默默地把自己的外套披到對方身上，但廢人玩家的國二男生當然不可能有那種系統外技能。

幸好亞絲娜在我開口說些什麼之前就打開了系統選單，快速地操作裝備人偶。從皮革裙下延伸而出的雙腿被光芒特效包覆，接著出現了白色褲襪。

這個世界明明沒有合成纖維，但貼身的褲襪卻帶著淡淡的光澤，讓我不禁緊盯著看。以前的話刺人視線與言詞會馬上招呼過來，有時看情況甚至是會轟來物理攻擊，幸好亞絲娜只是輕輕咳嗽，接著仰望沉沒在黑暗中的下一層底部。

「……畢竟是過年，所以當然是會冷啦……不過前不久的第四層很暖和吧。艾恩葛朗特的季節感到底是怎麼搞的？」

「呃，這個嘛……封測那時是八月，像是白天的陽光之類的是會讓人覺得熱，不過倒是沒有不舒適的感覺。就體感上來說，跟現實世界的盛夏的悶熱完全不同喔。」

「是喔……不過要是真的熱起來，大概也沒人穿得上全身板甲了吧……」

「的確，以前的歐洲的騎士不曉得是怎麼度過夏天的喔……」

「耶路薩冷王國的聖殿騎士團就是因為熱到動不了，所以才會敗給薩拉丁的軍隊喔。」

「原……原來如此。」

我對還是一樣博學的亞絲娜抱持著或許總有一天自己會在艾恩葛朗特小知識上輸給她的預

感，並把話題拉回來。

「……總之，我想艾恩葛朗特的氣候雖然會顯露出相當的季節感，但並不會真的熱到或冷到難以忍受。就連現在跟現實世界的寒冬比起來，也算是好很多了對吧？」

「是啊，穿這樣也只不過是打個噴嚏的程度而已。」

「不過也有例外，記得我在雜誌還是哪裡看過……好像有一年到頭都是寒冬，或是盛夏的樓層……」

「哦……」

亞絲娜再度把視線移往上方，像是突然想到般說：

「封測的時候沒有找到盛夏的樓層嗎？」

「嗯～畢竟現實世界也是夏天嘛……不過我記得第七層南側有海灘。純白的沙灘上長著椰子樹，也有不少玩家換上泳衣在那邊度過夏日假期呢。」

「聽你這麼說，看來桐人你是完全無視了對吧？」

都被漂亮說中了，那我也只能點頭承認。

「是啊，畢竟只有我一個男生跑去度假也只會感到空虛……沒差啦，反正我就是只專注在攻略上。」

聽到我竭盡全力的逞強話語，亞絲娜像是完全忘記寒意般笑臉盈盈，接著不知為何輕輕拍了我的背。

「第七層的南側是吧，我會記住的。如果那裡真的是盛夏區域的話……」

「……的話？」

「嗯～就保密到那時候吧。來，我們快點去下一個主街區吧。明天……不對，今天早上得開始攻略第六層才行。」

我歪著頭感到不解並追上一邊這麼說，一邊邁步前進的細劍使。成為暫定搭檔到現在過了大約一個月，我還是搞不懂她在想什麼。

——不過這就是她的魅力吧。

我腦中浮現這種不像是自己風格的感想，用力搖了搖頭，鼻子又開始覺得搔癢。若是在城鎮裡就不是什麼大問題，但要是在迷宮裡狩獵時打噴嚏可就糟糕了，得研究一下忍耐的方法才行。

我試著捏著鼻子與暫停呼吸，然而卻一點效果也沒有，最後搔癢能量終於突破限界值——

「啪嘿啾！」

怪聲隨之炸裂，走在前方的亞絲娜回過頭來，用帶著六成傻眼，四成神祕的笑容說：

「你這麼期待夏日假期嗎？」（註：此處桐人打噴嚏的聲音與假期的日文類似）

「才……才不……」

「那就得快速突破第六層才行呢。」

「就說不是了！」

不管我怎麼抗辯，細劍使臉上還是一直帶著輕笑，讓我陷入好像希望，可是又好像不希望第七層是盛夏樓層的心情。

1

即使從轉移門出來，空氣依然相當冰冷。

艾恩葛朗特第六層的主街區「史塔基翁」與第五層主街區「卡魯魯茵」重新利用古代遺跡的設定不同，是每一個角落都相當整齊、乾淨的城市。主要建材是花崗岩般帶有光澤的灰色岩石，而且所有建築物都是由二十公分的磚塊堆成棋盤狀，也就是長與寬都是直線的單純形狀。

因此封測時，首次看見這個城市的時候——

「嗚哇啊……好像遊戲裡面的街道喔……」

也有了跟這時候的亞絲娜完全相同的想法。

「嗯，本來就是在遊戲裡了啦。」

以史塔基翁必定會出現的玩笑回答對方後，就因為被冷冷的眼神瞪了一下而使得體感溫度更為下降。雖然忍不住拉緊大衣的衣領，但是寒意當然不可能這樣就遠去。雖說跟現實世界的寒冬比起來已經好多了，但是虛擬世界的麻煩之處就是一旦在意起熱氣或寒氣之後，就必須靠系統上的理論才能消除這種感覺。

二〇二三年一月一日，凌晨三點。

過新年的氣氛似乎隨著煙火活動結束燃燒殆盡，史塔基翁的轉移門廣場上幾乎看不見人影。乾燥的北風掃過長寬各五十公尺的空間，雖然覺得穿迷你裙的亞絲娜應該會覺得冷，但是她身上那件帶著羽毛領子的羊毛斗篷與白色絲襪似乎就足以抵擋寒氣了。

——等等，或許我感覺到寒冷的原因，並非只源自NERvGear所產生的虛擬寒氣。

我和亞絲娜為了欣賞煙火而來到聳立在卡魯魯茵東方的古城遺跡，當我獨自前去購買食物時，就受到身分不明的「黑色斗篷男」襲擊。當然古城是在受到防止犯罪指令保護的圈內，但是男人卻利用花言巧語讓我相信那裡是圈外，然後想把我帶到真正屬於圈外的城堡地底區域。

我雖然提升了搜敵技能，還是能在完全不被察覺的情況下摸到我身後的黑色斗篷男，一邊用刀子抵住我背部一邊在我耳邊呢喃著「It's show time」。感覺那道聲音帶來的寒意……明明像唱歌般富有抑揚頓挫，卻完全感覺不到感情的無機質性，就像還緊貼在我的耳朵深處一樣。

我在千鈞一髮之際注意到男人所說的全是空話後，雖然在圈內連續使用劍技將其逼入擬似僵硬狀態，但是男人卻用我不知道的煙幕道具來遁逃。我全力趕回亞絲娜所待的房間，發現暫時的搭檔平安無事後，就因為太過放心而緊抱住她，結果右側腹就吃了一記凌厲的鉤拳，不過問題並非這樣就解決了。

之前想利用單挑ＰＫ殺掉我的斧頭使摩魯特，應該就是這名黑色斗篷男的屬下。他同時也是唆使小規模公會「傳說勇者」犯下裝備強化詐欺，挑撥攻略公會「龍騎士旅團」與「艾恩葛朗特解放隊」，令兩者發生鬥爭的煽動ＰＫ集團之頭領。

不論是強化詐欺事件還是兩大公會的衝突，都因為我和亞絲娜的介入而沒有發展成不可收拾的悲劇。因此黑色斗篷男才會親自來把我幹掉，而且他們不是會因為一次的失敗就放棄的傢伙。今後得經常對四周圍保持警覺才行。

然後還有另一個更大的問題。

除了我之外，那些傢伙很可能也同樣把亞絲娜當成目標。只有這一點是無論如何都得阻止的事，不過我尚未把遭到黑色斗篷男襲擊一事告訴亞絲娜。

我當然不打算就這樣把這件事當成祕密。至少在到今天晚上的住宿處之前，我就得把男人的一切言行舉止傳達給她知道，同時再次教導她對人戰的要點。但是剛來到第五層時發生的事情仍然鮮明地烙印在我腦海裡。

當初是亞絲娜主動要我傳授對人戰——單挑，另外也稱為ＰｖＰ，總之就是對人戰鬥的要點。在第四層經歷與摩魯特對戰的我也認為有這個必要，所以立刻答應了她，於是在練功區的遺跡角落實際進行了單挑。

但是互相持劍相對之後亞絲娜卻一動也不動，不久就露出泫然欲泣的表情並且放下武器。嘴裡說了一句「我討厭這樣」。

我完全不認為亞絲娜沒有ＰｖＰ的才能。當她心愛的騎士細劍在第五層遺跡裡快被一名ＰＫ集團成員奪走時，她就漂亮地運用了撿拾Ｍｏｂ把劍搶了回來。那樣的發想力加上知識與經驗之後，就算是對人戰應該也能發揮出她原本就相當出眾的才能吧。

但是現在的ＳＡＯ——變成死亡一切就結束的真正死亡遊戲後，艾恩葛朗特的對人戰鬥就是實質上的互相殘殺。雙方實力在伯仲之間的話，能毫不猶豫下殺手的一方將會獲勝。反過來說，如果無法做到如此冷酷的地步，在生死關頭之際戰局就可能遭到逆轉。

如果要教導亞絲娜對人戰的要點，首先要教的不是我擁有的各種耍小聰明的手段，而是要讓她變得冷酷。當然我也沒有實際殺害過其他玩家，但是如果為了保護自己或搭檔而無論如何都得下手的話，我應該辦得到才對。不對，應該說我沒有善良到下手時會有所猶豫吧。

但是亞絲娜就不一樣了。她擁有比我溫柔且正義許多的靈魂。我實在無法要求這樣的人學會下手殺人的冷酷……

「桐人啊……」

我一抬起不知不覺間低下的頭，就發現眼前的搭檔露出了狐疑的表情。

「為什麼突然變得這麼安靜？不會是肚子又餓了吧。」

「沒……沒有啦，不是那樣……」

「那我可以提出第六層的第一個問題嗎？」

「好……好的，請說。」

我立刻點頭同意，不過封測在第十層途中就結束了，所以加上這層樓在內，我也只剩下四層半樓的知識可以回答亞絲娜的問題了。對喔，雖然發生了許多事，不過我們已經來到第六層了……事到如今才出現這種感慨的我，隨即聽見細劍使提出極為簡單的問題。

「這是什麼？」

「啥？」

這時我和亞絲娜是面對著面，而她指的正是我們的腳邊。順著她纖細的食指往下看，就看見鋪設在轉移門廣場上的灰色地磚。和建築物使用的磚塊一樣，二十公分的方形地磚是平凡無奇的石材。大約每四個就會有一個刻著1到9之間的阿拉伯數字。

「啊……噢，這個嗎……」

我後退了兩步，然後跟亞絲娜一樣指著腳邊說：

「妳看，這裡的線比較粗對吧。」

「真的耶……」

「這條粗線框住了九乘九共八十一個地磚。這妳在現實世界也有看過吧？」

「九乘九……」

如此呢喃的亞絲娜，眨了兩三次眼睛後就抬起頭來露出燦爛笑容。

「啊，原來如此。這是Number Place嗎？我還滿擅長這種遊戲喲。是喔～廣場的地磚是Number Place……嗎…………」

之所以說到一半速度就慢下來，完全是因為她再次環視整個轉移門廣場的緣故。

長寬大約五十公尺的廣大平面上，除了轉移門所在的中央部分之外，擠滿了二十公分的方形地磚。然後Number Place，也就是數獨的提示數字也充滿了整個廣場。

「……這總共排了多少個格子？」

「如果跟封測的時候一樣，那麼長與寬總共有二十七組由八十一格組成的數獨。只有正中央的一格是轉移門，所以數量就是二十七乘以二十七再減一，也就是七百二十八個。」

「七百……」

小聲重複一遍後，亞絲娜就迅速把視線從腳邊的數字上移開。

「一瞬間還想把它們全部解開，現在完全沒有意願了。」

「這樣很好……」

我不知道為什麼以長老ＮＰＣ般的口氣做出回應。

「老朽記得封測的時候，人們都帶著敬意稱呼被這裡的數獨囚禁而放棄攻略樓層的傢伙們是『數獨者』……」

「……是比第五層迷上撿拾遺物的『撿拾者』們更加悲慘的稱號呢——不過既然是如此龐

大的益智遊戲，全部解開的話應該可以獲得很棒的獎賞吧？」

「嗯，通常都會這麼想呢。」

我恢復原本的口氣並深深地點頭。

「我在封測的時候也是這麼認為，而數獨者們更是如此深信不疑。但是這些數獨的構造真的很下流……每天凌晨十二點，提示的數字就會全部改變。」

「咦咦咦？這也就是說……想要全部解開的話，就得在二十四小時內解開七百二十八個空格嘍？」

露出驚訝表情的亞絲娜屈指計算了起來。

「嗯……這一看就覺得是最難的等級，不論再怎麼熟悉的人，也得花二十分鐘才解得開一格。然後乘以七百二十八就是一萬四千五百六十分鐘……然後除以六十就是兩百四十二小時又四十分鐘……」

她心算的速度讓我暗暗佩服地想著「難怪能誇口說很擅長這種遊戲」，結果這時候亞絲娜臉上的表情從驚訝變成難以置信，然後大叫著：

「得花十天以上吧！根本不可能嘛，我可不幹這種事喔！」

「沒……沒有人叫妳這麼做吧……總之——當時的數獨者們最後分工合作來挑戰這些題目，但還是來不及在凌晨之前完成，到了封測最後一天時，終於使用了禁忌的招數。」

「禁忌的招數……？」

「嗯。封測的時候當然可以自由登入登出，所以就把數字的配置背下來，然後登出使用外部的程式來解題……」

「啊～原來如此……」

我接著又對露出苦笑的亞絲娜宣告這些勇者們的結局。

「然後封測結束的一個小時前終於把它們全部解開了。來，妳仔細看，八十一個格子裡面，只有一個地磚的顏色特別濃吧。」

「啊，真的耶。」

「填入這裡的數字應該是某種關鍵。戰鬥到最後的數獨者們得到了七百二十八個關鍵數字，然後……」

「嗯嗯嗯。」

「就結束了。」

「啥？」

「沒有人知道這些數字要用在什麼地方。在封測結束前一個小時，只穿一件內褲在這個廣場上邊叫著數字邊瘋狂跳舞的眾數獨者，那種模樣看起來真的很可悲。」

「…………」

難以置信的表情又變成憐憫，亞絲娜就這樣望著月光照耀下看起來寂寥的石頭與寫著數字的平面。接著沒有多說什麼，一瞬間閉起眼後就揮動右手叫出視窗。

「哇啊，已經超過三點了。差不多該到旅館去了，今天DKB和ALS應該都會睡比較晚，不過希望十點就能出發進行攻略。」

「是啊……」

點著頭的我，內心再次浮現剛才的糾葛，而亞絲娜則是對我露出樂天的笑容。

「那麼，第二個問題。史塔基翁有沒有推薦的旅館？」

我和亞絲娜在跟廣場上同樣大小的地磚所鋪設而成的道路上往東走了三分鐘。

我帶領亞絲娜來到一間外表看起來沒什麼特徵的中等規模旅館。說起來在從頭到尾都是由同一尺寸的磚頭堆疊起來的史塔基翁，要找到具有個性的建築物可以說相當困難。

推開總算是由木頭製成的門後，依序到櫃檯登記入住。我們選了兩間相鄰的房間並且來到二樓。十個二十公分磚頭，也就是兩公尺寬的走廊上空無一人，也看不到可以藏身的地方。

我從轉移到第六層的瞬間到移動至這間旅館為止都隨時警戒著周圍，不過沒有發現跟蹤或者監視的跡象——應該啦。之所以無法斷言，是因為推測出在第五層襲擊我的黑斗篷男應該擁有等級足以對抗我搜敵技能的隱蔽技能，所以今後不能過於相信自己的眼睛與耳朵。

深刻感受到被人盯上有多麼麻煩的我，就這樣走到走廊盡頭。亞絲娜的二〇一號房是深處角落的房間，我住的二〇二號房則是在其前方。

站在門前優雅地打了個呵欠後，細劍使就瞄了我一眼並說：

「那麼……早上八，不對，九點在下面的餐廳集合可以吧？」

「當然可以了。」

「那晚安了，桐人。」

輕輕揮動的右手抓住門把。但是往下壓時，門把卻發出堅硬的聲音來抗拒亞絲娜的手。

「咦……咦？我的房間是那邊嗎……」

當亞絲娜以睏意十足的眼睛準備移動到我這邊時，我便用雙手擋住了她。

「等等，妳的房間是那邊沒錯。」

「咦……那為什麼打不開？」

也難怪亞絲娜會有這樣的疑問。艾恩葛朗特的旅館基本上沒有房間鑰匙，是只有房間的租借者（以及其朋友或小隊成員）能夠開關房門這種以遊戲性為優先的設定。由於我和亞絲娜一直是同一小隊，所以就算弄錯房間應該也能打開才對。

我靠近露出一半睏意一半疑惑表情的亞絲娜，然後用手指著設置在門上面的門牌。刻著「２０１」數字的正方形門牌，仔細一看就能發現被分割為四乘四的十六個格子，除此之外的格子也刻著淡淡的其他數字，只有右下方的格子是空著的。

「來，這妳應該也在現實世界看過吧？」

聽見我的話後，亞絲娜眨了五次眼睛才回答：

「啊……這是數字推盤遊戲……？」

「沒錯。但是這個房間的話，數字只有0到14。」

「…………難道說，不解開這個遊戲就沒辦法開門？」

「YES。」

「…………」

面對露出兩成睏意、兩成疑惑、六成無力表情的亞絲娜，我急忙繼續說道：

「別……別擔心。這是有攻略法的……」

我的手朝門牌伸去，移動著在2０1三個數字之外就是隨機配置的木製格子。

「妳看，上面這一列很簡單就能排出0到7吧？然後在左下角直向排出8到12，接著在旁邊直向排出9到13，其他的就自然會……」

把14的格子移到固定位置的瞬間，門就傳出「喀嚓」的開鎖聲。再次壓下門把，這次門板就往後面移動了。

看見這一幕的亞絲娜……

「……謝謝。」

嘴上雖然向我道謝，但是臉上表情卻看不出感謝之意。帶她來這間旅館的就是我本人，所以也難怪她會這樣，但是這在史塔基翁的各種「益智遊戲門鎖」當中已經算是比較容易解開的了。

但是現在有比這個城市——不對，是這個樓層的真相更應該先傳達給她知道的事情。亞絲娜看起來很睏了，而我的疲勞度也快要到達極限，但是卻絕對不想因為「明天再說」的判斷而後悔。

「那麼，晚安……」

我提升了五％左右的音量，叫住這次真的要消失在房間裡面的亞絲娜。

「……亞絲娜！」

「什麼事？」

雖然她惺忪的睡眼讓我產生罪惡感，但事到如今也無法中斷了。

「我……我有重要的事情要說。可以到妳房間打擾一下嗎？」

「嗯……那請進吧……」

以乾脆到讓人驚訝的態度答應之後，亞絲就踩著虛浮的腳步消失在門後面。我也趕在門自動上鎖前從後面追了上去。

位於角落的二〇一號室，在東側和南側的牆壁上有巨大窗戶，但是這個時間點根本看不到什麼像樣的夜景。房間大約有十張榻榻米大，設置了加大的單人床、沙發組以及書桌等常見的家具。地板是深茶色木板，圖案則是每格二十公分大小的棋盤圖，本層在這方面可以說執行得相當徹底。

踩著無重力般腳步往床鋪走去的亞絲娜，咚一聲坐到床鋪側面，我看她應該一瞬間很想直接倒下去，不過最後還是忍住了。

「那麼，重要的事情是什麼…………──重要的事情？」

她重複了一遍自己的話然後眨了三次眼睛。

細劍使的眼睛突然瞪得老大，迅速環視室內後才再次凝視著我。然後左手不知道為什麼往大枕頭伸去，將其緊抱在身體前面然後丟出斷斷續續的發言。

「咦……等等……重要的事情是……等……等一下，我還沒，嗯……準備好。」

雖然不知道亞絲娜有了什麼樣的想像，但是認為睡意消失總是件好事的我隨即靠近一步。

「聽好了，亞絲娜。」

「呀，等……等一下，等一下啦。」

「不，我等不下去了。」

「咦咦！」

我又朝快把枕頭捏爆的亞絲娜靠近一步並開口表示：

「亞絲娜……明天早上跟我進行對人戰的訓練吧。」

「………啥？」

「我知道妳討厭ＰｖＰ。但現在的情況逐漸變得不能再說這種話了。只要半天就可以了，在開始這層的攻略之前，先跟我進行特訓吧……」

「停下來。」

以閃電般速度伸出右手打斷我的話之後，亞絲娜就重複深呼吸好幾次。最後在左手抱著枕頭的情況下站起來，點頭表示：

「………我也覺得不能一直逃避下去，所以特訓一事我知道了。我也要請你指導我。」

「啊……嗯……嗯。」

「但是，在這之前，先讓我說句話。」

露出燦爛溫柔笑容的細劍使，改換成右手拿枕頭後，用力將它舉起來——

「這樣……太容易讓人會錯意了吧！」

然後放聲大叫，同時以媲美大聯盟投手的上肩投法丟出橫向旋轉的枕頭。發出低吼聲飛過來的枕頭雖然柔軟，猛力撞上我的顏面後還是出現了紫色障壁特效光。

亞絲娜喝了一口冷水恢復冷靜之後，我便簡短地向她說明在卡魯魯茵古城遺蹟發生的事情。即使表現出對於黑色斗篷男的憤怒以及對我的關心，不過亞絲娜大致上能夠冷靜地接受狀況，同時再次表示願意接受對人戰的訓練。

這時候時間已經來到三點四十分，所以把隔天早上集合的時間變更為九點半之後，我便離開二〇一號房。

下一個瞬間，至今為止用意志力壓抑住的睡魔就讓我的眼瞼變得像有千斤重。但是在打開自己的房門之前，還有一件事情必須完成。

和二〇一號房不同，二〇二號房的數字推盤遊戲有兩個2，然後最後一格是13。我就因此而失敗了幾次，好不容易花了三十秒左右把它解開，打開門後進入房內。踩著搖搖晃晃的腳步並解除武器防具，然後直接把臉撲到床上。

在昏睡之前的三秒鐘，我朦朧地這麼想著。

——話說回來，忘了跟亞絲娜說這層的主題是「益智遊戲」了。

——不過到底是什麼會讓人會錯意啊？

2

雖然忘記設定起床的鬧鐘，我依然在集合時間的三分鐘前醒過來。

如果是現實世界，那這就是絕對來不及的起床時間，不過這個世界不用洗臉整理頭髮以及猶豫該穿什麼服裝。我以滾落般的姿勢下床後，只把大衣罩到上衣上面就從房間衝出來。

不知道為什麼「喀嚓磅」的開關門聲重疊在一起，原本以為是還沒睡醒，結果並非如此。隔壁二〇一室的房客也在同一個時間點離開房間。

我和亞絲娜對望了兩秒鐘左右。看來對方也剛剛起床，腦袋的時脈尚未提升到極限。寂靜當中，兩扇門的門牌發出「喀嚓喀嚓」的聲音，自行變更了排列組合。

「早……」

當我認為應該先道早安的那個瞬間。

亞絲娜忽然翻轉斗篷開始往前猛衝。穿越我的左側，直接往樓梯的方向跑去。

——為什麼要逃走？

一瞬間嚇了一大跳的我，立刻注意到不是這麼回事。她是想比我快一步到達一樓餐廳，然後調侃我睡過頭了。

「太……太狡猾啦！」

我雖然大叫並急忙跑了起來，但是完全追不上敏捷力應該比我高又是全力奔跑的亞絲娜。晨光照耀下閃閃發亮的長髮從走廊盡頭往左轉後就消失了。

這樣下去我一定會輸。

有了多少會違反禮儀的覺悟後，我便往地板踢去。以鞋底外緣鉤住垂直壁面的感覺在右邊牆壁上跑了一步、兩步、三步。這是系統外技能「牆面奔走」——目前在沒有裝備獎勵的情況下三步就是極限了，不過把點數全點在敏捷上的亞魯戈應該能跑更多步吧。

不過我還是靠著這三步勉強來到走廊的轉角，第三步更用力一踢來跳到轉角後的牆上，然後再踢一次牆壁越過階梯的扶手。當亞絲娜因為在樓梯與走廊的平台上轉彎而浪費一些時間時，我已經在她正後方著地，下一個大跳躍就超過她衝入一樓大廳。

「啊，真狡猾！」

背後的細劍使雖然這麼大叫，但勝負本來就是如此無情。餐廳入口就在穿越住房櫃檯後的前方。我為了全速衝過這最後的十五公尺而把姿勢壓低到極限，就在這個時候——

「嘿呀！」

聽見背後傳來危險的聲音，接著身體就被整個往後拉，靴底失去抓地力後在光滑的木板地面上滑了一跤。原來是亞絲娜抓住我大衣的衣角。

「犯……犯規啦！」

我漂亮地一屁股跌坐在地並如此大喊，但是卻聽不見裁判吹哨。

「先走了～！」

白色皮革靴子就隨著這樣的聲音跑過我的臉龐右邊。

沒錯——這場戰鬥沒有規則也沒有裁判。只能靠雙方的良心來規範行為。而我則是離良心這兩個字最遙遠的人種——中二的前男性封測玩家。

我默默伸出右手來一把抓住亞絲娜的左腳踝。

「喂，做麼！」

細劍使發出把「喂，你做什麼」簡化之後的怪聲，同時也失去了平衡。

兩名玩家跌得重疊在一起後的一秒鐘，NPC大姊姊就從櫃檯深處發出「在旅館中請保持安靜」的聲音。或許是我想太多吧，總覺得聽起來有點冷淡。

坐到餐廳深處的桌子前面，點了附咖啡的早晨套餐之後，亞絲娜便長長地呼出一口氣。

「呼——……別一大早就讓人那麼累好嗎……」

「是……是妳先跑的吧。」

「我只是走快一點而已。」

雖然內心想著這絕對是謊言，但是在我繼續進行抗辯之前早餐就送了上來。每座城鎮與每間餐廳的早晨套餐都不太一樣，這裡的是類似奶油圓麵包的麵包與綠色蔬菜沙拉、起司、火腿與蛋這種極為大眾化的組合。

規矩地把四角形起司切成三角形的亞絲娜呢喃著：

「吃飯就沒有益智遊戲的要素了吧。」

「啊，有比較好嗎？那午餐就去販賣機關箱便當的店……」

「不用了。」

被對方乾脆地拒絕，我只能用手指捏起硬起司一點一點地啃著。安靜的用餐時間持續了一陣子，當雙方的盤子都有一半變空時，亞絲娜就再次開口說：

「……那麼，為什麼這個史塔基翁會像這樣充滿益智遊戲呢？」

「啊～那是因為，這層樓的主題就是『益智遊戲』啊。」

我終於說明完昨天忘了說的事情，結果細劍使便眨了眨眼睛。

「咦……不是主街區而是整個樓層嗎？」

「沒錯。幾乎所有迷宮都充滿益智遊戲機關，封測時期就是玩家好惡分明的一層喲。」

「這……這樣啊……」

點著頭的亞絲娜臉上浮現微妙的表情，溝通能力低落的我無法立刻理解這種表情的意思。

「……妳的表情是喜歡還討厭？」

切開麵包把火腿夾進去的我直接這麼詢問，結果亞絲娜就輕輕聳聳肩。

「嗯……我是不討厭益智遊戲啦……像是廣場的數獨那種數字系，還是拼圖、九連環那種的我都能接受。但是……想到第五層的樓層魔王，就有點……」

「噢，原來如此……」

聽她這麼一說，我才終於了解她露出悶悶不樂表情的理由。

昨天才剛打倒的第五層樓層魔王——「空虛魔像・福斯古斯」，原本以為是RPG裡經常出現的魔像型怪物，結果卻是能夠和整個廣大房間融合這種前所未見的魔王，不斷使出的複雜樓層機關讓聯合部隊吃足了苦頭。

「既然樓層的主題是益智遊戲，就表示魔王也是這種類型的嘍？」

聽見亞絲娜的問題，我便輕輕點了一下頭。

「是啊……封測的時候，魔王看起來就像是一隻長了手腳的魔術方塊。受到攻擊的那一列會旋轉，等到所有面的顏色湊齊了，魔術方塊的裝甲就會剝落，但是大家根本一陣亂打，所以別說湊齊了，各種顏色完全亂成一團……」

「…………」

亞絲娜手中刺下小黃瓜般蔬菜的叉子停在空中，接著深深嘆了口氣。

「看來這次是要由DKB的凜德先生，還是ALS的牙王先生來領導戰鬥指揮又得經過一番爭吵了。乾脆跟第五層的時候一樣，找同樣的成員來攻略還比較好吧？」

聽見這極端的意見，我只能不停地搖頭。

「不不不，那是為了防止ALS偷跑才不得已這麼做……魔王戰還是要確實湊滿人數組成聯合部隊，以萬全的態勢來挑戰才是正確的方式。而且魔王也有可能和封測時完全不同。」

「如果是這樣，應該會變得更棘手吧。」

我這次就點頭表示同意。雖然不願意想像比魔術方塊更棘手的魔王，但是絕對不可能變得比封測時還要輕鬆。

加上我除了益智遊戲機關之外，還另外背負著一個關於魔王戰的麻煩事。

應該是從我的表情察覺了吧，亞絲娜輕啃完小黃瓜後，就把叉子當成旗子一樣來揮舞。

「話說回來……依然放在桐人那裡的那個，你打算怎麼處理？」

「誰知道呢。」

一聽見我的答案，亞絲娜就露出「果然如此」的表情。

所謂的那個，指的就是從第五層魔王身上掉下來的超稀有寶物「武勇之旗」——通稱「公會旗」的物品。

在旗子上登錄公會名並將其插在地上，旗子半徑十五公尺以內的所有公會成員就可以接收四種支援效果，可以說是具備非常驚人的特殊效果。率領ＡＬＳ的牙王之所以會偷跑去攻略樓層魔王，就是因為不希望公會旗被ＤＫＢ搶走。

但是第五層的魔王被我和亞絲娜找來的臨時聯合部隊打倒，成為問題的旗子也被我撿走。ＤＫＢ的凜德目前應該還不知道公會旗的存在，不過今天已經邀請包含ＤＫＢ幹部在內的成員準備進行說明，老實說還真猜不透那名高傲的男人會有什麼樣的反應。

福斯古斯被打倒之後，ＡＬＳ的牙王立刻衝進魔王房間，而我則對他提出讓渡公會旗子的條件。

其中一個是在今後出現同樣的道具之前先把旗子寄放在我這裡，等湊齊兩根旗子後就會把一根給ＡＬＳ，另一根給ＤＫＢ。

另一個條件則是ＡＬＳ與ＤＫＢ合併的話，我便立刻讓渡旗子——

這兩個當然是二選一的條件，不過連提出來的我都知道不太可能實現。這種程度的「破壞平衡」道具不太可能出現太多次——實際上，封測時就只有第五層出現一根而已——另外意識形態完全相反的ＤＫＢ與ＡＬＳ，想要合併更是宛如天方夜譚。

「……把旗子讓給其中一個公會，絕對會打破現在的平衡。到時將造成ＤＫＢ和ＡＬＳ決定性的不和，最糟糕的情況是很可能會造成攻略集團的戰力減半……」

我凝視著盤子裡類似西洋芹的葉子並這麼呢喃，感覺亞絲娜也默默點了點頭。我抓起葉子，用指尖加以轉動同時繼續表示：

「但是，如此優秀的性能要是閒置在我的道具欄裡又太浪費了……目前幾乎沒有能夠施加戰鬥用支援效果的手段，只要豎起旗子就能擁有四種支援效果的話……」

「四種支援效果，具體來說是哪四種呢？」

「攻擊力上升、防禦力上升、ＣＴ（Cool Time）縮短、全異常狀態抗性上升。」

「嗚哇啊……」

亞絲娜的聲音裡帶著敬畏之意。從能讓對於ＲＰＧ還有不熟悉之處的亞絲娜產生這種感覺，就能知道它的性能有多強了。

「嗯，當然每一種上升的數值都只有一丁點，不過某種層面來說對象人數與時間都是毫無限制……最恐怖的是，公會旗在分類上算是長兵器，所以設定了強化次數……」

「咦……有……有幾次？」

「十次。」

亞絲娜臉上再次浮現難以形容的表情。

「……把它強化的話，提升的應該不只是武器的性能……」

「支援效果的百分比也會上升……吧。能成功強化到＋10的話，光是想像那種情況就覺得很恐怖呢。」

「唔嗯……」

發出平時不常聽見的沉吟聲後，細劍使就以刀叉指著我說：

「那你看這樣如何？」

「怎麼樣？」

「桐人建立一個新的公會然後登錄到旗子上，再一併吸收DKB與ALS。」

從我嘴裡發出「噗嚕唔呼哦」這樣的聲響。好不容易才避免把咀嚼中的西洋芹變成綠色毒霧噴到亞絲娜臉上，但是口感模擬器可能出現錯誤了吧，感覺嘴裡好像有東西在蠕動。把咖啡喝光沖洗掉原來的口感，接著重複呼吸好幾次之後，我才再次表達否定的意思。

「絕對不可能，百分之百，不對，是百分之一兆不可能！」

「…………」

以「你是小學生嗎」的眼神看了我一眼之後，亞絲娜也優雅地啜了一口咖啡。

「我只是提議一下而已。我也知道你不喜歡做這種事，況且我也不願意當公會的副會長。以可能性來說，就只有拜託艾基爾先生了吧……不過希望也不大……」

我看著露出認真思考表情的亞絲娜，同時猶豫了一陣子可不可以跟她確認如果我建立公會的話，她願不願意擔任副會長，不過現在還是先把問題保管在內心的道具欄裡。

「……嗯，艾基爾他早就是公會會長了……不過，如果要擴張大叔軍團的話，感覺會強制所有會員使用雙手武器耶……」

「啊哈哈，怎麼可能。」

亞絲娜笑了一陣子後就露出嚴肅的表情。應該是想像加入大叔軍團後變成拿兩手用槲頭的自己吧，不過她立刻就甩動著頭部。

「總……總之，無論如何都得想出有效利用公會旗的辦法。凜德先生能夠提出什麼有建設性的意見就好了……」

「就是說啊……」

當我們兩個人互相點頭時，時間剛好來到上午十點。

和ＤＫＢ的會談是在十二點三十分，地點則是在這個史塔基翁的某處……扣除移動時間，我們還有兩個小時左右的空檔可以做自己的事情。把殘留在盤子上的麵包碎片丟進嘴裡，說了聲「吃飽了」之後，就對暫定搭檔提出今後的計畫。

「嗯……關於上午的行程，是要在史塔基翁繞一圈把能接的任務全接下來，然後完成一兩個簡單的任務……還是要進行昨天說過的對人戰訓練呢？」

「嗯……」

亞絲娜一瞬間歪了一下頭，不過幾乎是立刻就回答：

「訓練比較好吧。不想因為延後而後悔。」

「這……這樣啊。」

由於這是出乎意料的答案，於是我眨了兩三次眼睛才點點頭。

「那我們到沒有閒雜人等的地方去吧。因為要是被偷看或者偷聽到訓練會造成反效果。」

「我是無所謂……不過你知道要去哪裡嗎？」

「是啊。」

咧嘴露出笑容後，我便迅速站了起來。

和昨天晚上不同，轉移門廣場因為大量玩家而顯得熱鬧非凡。其中也存在不少拿著羊皮紙和羽毛筆，然後緊盯著數字地磚的人。雖然不知道他們會不會成為新的數獨者，但我默默在心中替他們加油，並跳進廣場正中央發出藍色光芒的大門內。

目的地是第三層的主街區茲姆福特。不過目的地不是這個城市。直接通過三棵巨大的猴麵包樹來到練功區，先離開道路確認有沒有人跟蹤後，就在深邃的森林當中不停往西南方奔跑。

雖然經常被怪物盯上，但是以我和亞絲娜現在的戰力來看，即使在這座「迷霧森林」被複數的小型樹妖或者大蜘蛛包圍，也只要使出兩發劍技就能把牠們一網打盡了吧。於是我們無視怪物的存在持續奔跑，把牠們全部甩開。

最後前方出現一座霧氣特別濃厚的山谷。在打開著地圖的情況下衝進谷內，繼續跑了數十秒。

霧氣突然全數消散，高掛在天空中的漆黑旗子映入眼簾。

染著彎刀與角笛圖樣的旗子後方是一大片山谷間的窪地，雖然上面架設了大大小小將近二十個黑紫色帳篷，但這裡並非尋常的村莊。是只有在跨樓層的「精靈戰爭活動任務」當中進行黑暗精靈劇情的玩家，才能進入的黑暗精靈戰士們的野營地。而且是為每一支接受任務的小隊生成的暫時性地圖，所以除了我和亞絲娜之外的玩家絕對無法從系統上入侵——應該說根本無法發現。

從面無表情的衛兵旁邊經過的亞絲娜，這時一邊向他們點頭一邊小聲地對我問道：

「十多天沒到這裡來了，現在能夠回來固然很高興……不過為什麼是現在？史塔基翁和卡魯魯茵也有可以避人耳目的地方吧？」

「嗯，是有啦……但我還想完成另一件事。」

「另一件事？但是，精靈戰爭任務的下一個目的地是第六層的碉堡吧。」

我默默點了點頭。

從這個第三層開始的活動任務，簡單說起來就是黑暗精靈與森林精靈在搶奪六把「祕鑰」，而這六把鑰匙能夠打開位於艾恩葛朗特某處的「聖堂」大門。但是這樣的構圖之外還有第三勢力墮落精靈在暗中作怪，而他們似乎也是以搶奪祕鑰為目標。

在第三層入手的「翡翠祕鑰」、第四層入手的「琉璃祕鑰」以及第五層入手的「琥珀祕鑰」等三把鑰匙，都由黑暗精靈的菁英騎士基滋梅爾使用精靈專用的轉移裝置「靈樹」運送到第六層西北方的碉堡，目前仍被保管在該處。我們抵達碉堡時，活動任務第六層篇應該就會開始，不過在那之前還有許多事情得先完成。

「到這裡辦的事情和任務無關喔。只是在想差不多該強化這個傢伙了。」

我邊說邊以右手觸碰背上的劍柄，亞絲娜則露出「原來如此」的表情。

細長窪地中央聳立著巨大的餐廳帳篷，其前方則是一塊小小的商業區。沿著道路排列著道具店、裁縫店、皮革工藝店以及打鐵舖。風景雖然跟上次到訪時相同，不過唯一有一處不同的地方，就是以前經過的精靈士兵們態度都相當冷漠，但這次發現我們後都會主動對我們說「嗨」或者「最近好嗎」。這意料之外的變化，讓我最多就只能夠默默向他們回點一下頭，亞絲娜倒是可以露出開朗的笑容並且回答「午安！」。

大概是因為隨著活動任務的進行，對於黑暗精靈這一邊的貢獻度也會提升，所以才會有這樣的結果，不過如果是這樣的話，那我推測森林精靈對我們的敵對度應該也會跟著上升。在第五層沒有機會和他們接觸，我只能祈禱著第六層也能延續這種狀況並且通過商店，在第四家店門口停下腳步。

小型帳篷前面，一名把長髮往後綁，身穿黑色皮革圍裙以及長手套的精悍小哥站在那裡，正有節奏地敲打著放在鐵砧上的鮮紅金屬。既然精靈士兵們都會跟我們打招呼了，心想著這名鐵匠的態度一定也有所變化的我，就等他手上的作業告一段落才對他搭話。

「你……你好！」

結果小哥狠狠往上瞪了我一眼，鼻子發出「哼」一聲後就又開始工作了。

「……完全沒變嘛。」

雖然亞絲娜以忍住笑的表情這麼呢喃，不過我不能在這裡被打敗。我把背上的劍連同劍鞘一起拿下來，再次對他搭話：

「那個，我想請你幫我強化這把劍。」

答案是第二次的「哼」。之所以能證明那不是拒絕的意思，完全是因為出現在我眼前的NPC鐵匠專用的選單視窗。

——哪一天一定要提升這個小哥的好感度！

我在內心如此發誓，同時在選單上輸入委託內容。

死亡遊戲開始之後就一直是我得力助手的「韌煉之劍＋8」在第四層約費爾城與森林精靈指揮官進行死鬥時劍身有一半碎裂。現在使用的是帶領該場戰役獲勝後作為報酬而入手的「Sword of Eventide」——翻譯成日文就是「日暮之劍」的單手用直劍。基本能力當然有一定水準，還慷慨地附加了敏捷力＋7這樣的魔法效果。裝備上它的話，空手時最多只能跑三步的牆面奔走甚至可以增加到將近十步。

但是強力的武器通常強化難易度也比較高——應該啦。因此在第五層就一直沒有強化而使用到現在，在開始攻略第六層之前，希望至少能提升到＋3。這麼想的我，才會把劍託付給目前知道的最強NPC鐵匠，也就是眼前的小哥。只要技術高超，態度冷漠不過是小問題……應該啦。

在選單視窗上設置好對應武器種類的基材道具，在接下來的添加材料輸入欄處稍微思考了起來。

SAO的武器強化系統是從銳利度、重量、速度、準度以及耐久度等五種能力值裡做出選擇並且加以強化。提升銳利度〈打擊武器則變成硬度〉的話純粹是增加給予敵人的傷害，提升重量則是武器破壞、裝甲破壞的成功率上升。提升速度則是使出通常攻擊與劍技的速度會變快，提升準度則是擊中弱點的機率上升，提升耐久度的話武器就會比較耐用。不論提升哪一種能力都不會有損失，但通常還是要配合武器的種類與持有者的戰鬥型態來提升能力值，我大多是提升系統輔助不會介入的銳利度與耐久度。

這次也決定強化銳利度兩次，耐久度一次來成為＋3的劍，於是我便把提升銳利度用的添加材加到上限，然後按下視窗下部的OK鍵。如果是玩家鐵匠的話就無法使用這個選單視窗，必須自己從道具欄裡選出需要的基材與添加材，但ＮＰＣ鐵匠的話這部分就是全自動。裝有素材道具的小袋子出現在視窗上，我便用右手拿著它，和拿在左手的愛劍一起遞給小哥並且說了聲「拜託了」。

但是精靈鐵匠卻無視我右手的小袋子直接把劍拿過去。隨手把劍抽出，然後將劍身朝向陽光。下一刻，他的眉間立刻出現小小的山谷。

「……是留斯拉的刀匠所做？」

突如其來的疑問讓我在急忙在內心想著「咦，這是某種事件要開始了嗎？」，不過現在也只能老實回答。留斯拉王國這個黑暗精靈王國是存在於艾恩葛朗特形成之前的大地上，他們現在也自稱「留斯拉人民」。

「是……是的，是在第四層的約費爾城裡，從城主大人那裡獲得。」

「哦，是雷修雷恩家代代相傳的物品嗎？」

這似曾相識的名字，讓我把臉靠近亞絲娜並呢喃：

「……那是誰啊？」

「好好記住好嗎，那是約費利斯子爵的名字吧。」

「啊，對喔。」

點完頭之後就發出「嗯嗯？」並再次歪起脖子。也就是說眼前的鐵匠直接稱呼黑暗精靈貴族大人的名字，我無法立刻判斷出這是特殊情況，還是以黑暗精靈的文化來說算是很普通的事情。

但是小哥似乎不在意竊竊私語的我們，繼續檢查著施加了優美工藝的長劍並說道：

「你是要強化銳利度吧。」

「是的，一開始先這樣。」

「勸你不要。」

「…………啥？」

這次我真的嚇了一大跳，眼睛和嘴巴整個張大。以ＮＰＣ來說，在第四層幫忙製造貢多拉的羅摩羅老人也算是個性古怪，但怎麼說都不會拒絕我方的要求。但是精靈鐵匠似乎打算拒絕我藉由選單視窗所提出的訂單。強化韌煉之劍的時候明明什麼都沒說……心裡這麼想的我開口詢問他拒絕的理由。

「那……那個……為什麼呢？」

結果鐵匠像是覺得很麻煩般用鼻子發出「哼」一聲，不過還是開口做出了說明。

「這把劍已經很銳利了。即使繼續鍛鍊應該也無法向上提升。」

「呃……喔……」

也就是說，就算銳利度＋１，和韌煉之劍比起來ＡＴＫ的上升幅度會比較小……應該是這個意思吧。

確實會有適合武器的強化項目。就算強化一兩次巨大雙手用榔頭的速度，也不會產生讓身體感覺得到的差異，而重視速度的細劍與匕首就算強化重量也只是抵消性能，不會增加太多武器防具破壞率。

但是，從不認為同樣是單手直劍的強化有什麼適合不適合差異的我，即使感到愕然也還是開口詢問：

「那麼，你建議強化什麼項目呢？」

「銳利度之外隨便你選……雖然很想這麼說，不過既然雷修雷恩受到你的照顧，那就不能如此隨便了。」

像是覺得很麻煩般這麼說完，鐵匠就再次眺望著日暮之劍的劍身並且說：

「這把劍的話，應該是準度比較好吧。」

「咦咦……」

我不由得像個不聽話的小孩子般做出這樣的反應。

強化準度的話，武器的會心一擊率將會提升。這是無庸置疑的事實。但是ＳＡＯ裡頭關於會心一擊究竟為何的議題目前仍未得到結論。

大多數怪物都設定了弱點，攻擊準確地擊中該處就能給予巨大的傷害。幾乎所有玩家都認為那就是會心一擊。

但是除此之外，有時候命中弱點之外的地方，擊中特效會變得比較華麗，給予敵人的傷害也會多一些。跟通常攻擊比起來，這種現象比較容易出現在劍技當中，不過又和以踏步與揮舞手臂來配合系統輔助的系統外技能「威力增強」不一樣。就算用同樣的劍技擊中敵人的同一個部位，會不會出現該種現象也完全是隨機決定。

根據從封測時代就持續探究會心一擊的會心一擊原理主義者，通稱「會擊者」們所表示，擊中敵人弱點靠得是技術，而靠技術造成的巨大傷害不是會心一擊。他們所追求的是不知道會不會出現的那種源自古老傳統的「會心一擊」，沒有耍小聰明的技術介入的餘地……他們的觀念似乎是如此。

繼續追求下去就只會陷入混雜著檔案、浪漫、超自然現象的無底深淵，一旦陷入就很難脫身。會擊者們表示「真會心一擊」是NERvGear讀取玩家的幹勁來判定，木製部分越多的武器越容易發生，HP越少時發生率就越高，還有滿月的夜晚特別容易發生等等……真的要認真檢驗這些謠言的話，有多少時間和性命都不夠用吧。

老實說我很不願意接近這樣的泥沼，但令人困擾的是確實存在與「弱點會心一擊」不同的「真會心一擊」。使出時會隨著增加兩成華麗度的特效給予敵人龐大傷害的快感，難怪一旦迷上就會難以脫身。絕對不是什麼會擊者的我，單手直劍技能的熟練度上升到150時之所以保留了五天才取得Ｍｏｄ，就是因為猶豫是要老實地取得「技後硬直縮短」，還是為了取得被認為會影響真會心一擊機率的「會心一擊率上升」。

在這個地方猶豫不決的話，乾脆提升武器的會心一擊率或許是不錯的辦法，問題是強化準度影響的是弱點會心一擊而非真會心一擊。

強化武器的準度後，在瞄準敵人的弱點時，瞄準補正的系統輔助將會發揮功效。對於能夠熟練使用這種輔助的玩家，比如亞絲娜這種弱點會心一擊的名手來說當然完全沒有問題，但是無法用自身意識控制的輔助實在不合我的個性。封測的時候，曾經跟人借了準度＋8的韌煉之劍來試用，那種劍尖朝著怪物弱點轉彎的感覺，讓我覺得就像在使用活生生的武器一樣。

——我不知道該如何跟黑暗精靈鐵匠說明這種與實際利益無關，而是個人喜好的問題。當然單純堅持地表示「不，請幫我強化銳利度」事情就結束了，但是這個ＮＰＣ有萬分之一……不對，是十分之一的可能性出現「那我不幫你強化了」的回答。當我的視線在劍與小哥臉龐上來回並陷入苦思時，身邊的亞絲娜就做出最簡單且確實的應答。

「為什麼準度比較好呢？」

結果鐵匠發出唔一聲，輕點一下頭後就回答：

「這把劍在留斯拉的武器當中算是相當銳利，也因此而顯得較為脆弱。為了保護這把劍，以最少的出手次數打倒敵人是最佳的辦法。所以首先強化準度，接著是耐久度應該是最佳選擇了吧。」

「啊，原來如此……為了有效率地戰鬥而選擇準度嗎？」

亞絲娜表示能夠理解時，我也跟她有同樣的想法。

它在性能上的耐久度絕對不算低，但是減少的速度好像有點快，在第五層的戰鬥時我就有這種印象了。這把日暮之劍不是用來從防具或者裝甲上方敲打敵人，比較適合瞄準防禦力較弱的部位來將其撕裂。打從一開始就徹底瞄準弱點的話，就算系統輔助發揮功效可能也不會有太強的彆扭感吧。

雖然猶豫感尚未完全消失，但是由黑暗精靈鍛造的劍，還是聽黑暗精靈鐵匠的建議比較好吧。如此下定決心後，我便開口表示：

「……我知道了，那就拜託你強化準度吧。」

「了解了。」

鐵匠點頭的同時，選單視窗就再次打開。我重置選單內容，再次按下ＯＫ鍵後，就把出現的素材道具小袋子交給對方。

鐵匠把小袋子裡的內容物全部倒進看起來是木製的爐子裡，素材一瞬間熔解，橘色火焰開始發出藍色光芒。鐵匠立刻把日暮之劍插進去，藍光就轉移到劍身上。

劍在我搞不懂的時機下被移到鐵鉆上，榔頭開始傳出尖銳的敲打聲。我還來不及緊張榔頭就敲完十下，劍一瞬間發出鮮豔的光芒。

「完成了。」

我沒有收下隨手遞過來的劍，反而繼續說道：

「嗯……請幫忙再強化一次準度與一次耐久度。」

即使填滿素材也只有百分之九十五成功率的強化，鐵匠輕輕鬆鬆就連續成功了三次。如此一來會想繼續強化也是人之常情，很可惜的是已經沒有素材了。雖然還剩下三個使用一個就能夠把成功率提升到上限的「牛標金屬片」，但還是為了以防萬一而保留，今天決定就此忍耐下來。

相對地亞絲娜則把騎士細劍強化到＋7——即使如此還剩下八次強化次數，真是太恐怖了——兩人同時道完謝後，鐵匠像是對我們再也沒有興趣般用鼻子「哼」了一聲，就又回到自己的工作上了。雖然很想詢問他為什麼以約費利斯子爵的名字「雷修雷恩」來稱呼他，但今天已經沒有時間，所以決定等下次有機會再問，於是直接從帳篷裡離開。

順便在隔壁的皮革工藝店與裁縫店將防具強化到一定程度——兩間店的店長都是女性，比鐵匠親切了五倍左右——我和亞絲娜就移動到野營地西側邊緣的屋外修練場。時間是上午十點四十分，把移動時間考慮進去的話大概有一個小時可以訓練。

如果要把我累積起來的對人戰技巧和祕訣全部教給亞絲娜的話，這點時間當然不夠，但這樣對亞絲娜來說應該會造成反效果吧。只要傳授更為基本的心態調整部分，她應該就能夠完全發揮出天生具備的想像力與爆發力。

話雖如此，心理層面的指導比技術面難上好幾倍。尤其擔任教師的還是像我這種表達能力不足的中二男生就更不用說了。

我在無人的修練場入口停下腳步，以約三十度角看著旁邊的亞絲娜後，卻突然說不出第一句話來。在第四層準備進行對人戰訓練時，亞絲娜那句「我討厭這樣」的發言再次在我腦海裡復甦。

「嗯——……那個……」

當我絞盡腦汁思考該如何開場時——

亞絲娜突然發出竊笑並且說：

「我說桐人啊。」

「是……是的。」

「我在第五層的夏亞村，曾經和亞魯戈小姐一起洗澡。」

「什……什麼？」

感覺好像是有這麼回事，不過為什麼現在要提出來呢？無法得知亞絲娜內心想法的我，只能以微妙的角度點點頭。

「好……好像是這樣喔。我記得亞絲娜和亞魯戈確實是在澡堂裡聊些女孩的話題……」

「才沒有哩！」

一瞬間鼓起臉頰後，亞絲娜再次微笑著說：

「——那個時候，我和亞魯戈小姐單挑了。」

「…………咦？在……在澡堂裡面？」

「沒錯。」

「……沒、沒有任何裝備？」

「穿泳裝……喂，那不重要吧！」

她併攏左手食指與中指，給了我的側腹部一記鑽擊。說起來這裡可不是圈內喔……到了這個時候才注意到這一點，幸好她也沒有繼續吐嘈我了。

「……嗯，說是單挑，其實只是用漂浮在浴池上的香草束輕輕打一下對方而已。那個時候亞魯戈小姐這麼問我……『小亞妳害怕單挑嗎？』。」

「……然……然後呢……？」

「我老實地回答害怕了，但仔細一想就發現，AGI極端型的亞魯戈小姐HP應該比我還少才對。雖說武器是葉子，但是亞魯戈小姐卻完全不會對認真的單挑感到緊張，即使只有自己一個人也毫不猶豫地衝進最前線的迷宮……所以我就反問她：『亞魯戈小姐不會害怕嗎？』」

「………然然……然後呢……？」

「接下來可不能免費告訴你喲～」

想不到亞絲娜竟然靈活地模仿「老鼠」的口吻，然後就大步往修練場內部走去。我大聲對著她的背部搭話道：

「那……那個，剛才的話題是什麼意思？」

結果細劍使輕輕拖著長髮回過頭來，露出淘氣的笑容。

「嗯，誰知道呢～」

——到底是怎麼回事啊！

我忍不住在內心這麼大叫，我想亞絲娜應該是想告訴我，她已經不要緊了吧。這樣的話，只要時間允許，我也得把應該教給她的知識傾囊相授。只要能克服對人戰的恐懼，就沒有任何東西能夠束縛亞絲娜的才能與騎士細劍＋7的劍尖了。

往上瞄了一眼野營地外的一整片森林，以極微小的聲音對著現在應該也躲在艾恩葛朗特某處的黑斗篷男以及其伙伴們呢喃：

「下一次絕對要逮到你們。」

「咦～？你說什麼～？」

亞絲娜發出疑惑的聲音……

「沒什麼！」

我則是如此大叫著回答，然後也踏上短短的草皮，趕到搭檔身邊。

3

回到第六層史塔基翁之後，發現轉移門廣場因為大量玩家湧入而顯得相當熱鬧。有一半以上應該是來自第一層的觀光客，不過身上武器防具有一定水準的「追趕組」的人數也確實地增加了。

比現在的攻略集團晚了一兩個月開始的他們，等級尚未到達能在最前線練功區戰鬥的地步，如果只是在主街區購物的話就很安全。而越後面的城市，武器店、防具店的商品就越強力已經是ＲＰＧ遊戲的常識，所以每當城市開拓就會來購買更強的裝備替換——不過當然也得財務上允許。

從這方面來看，牙王率領的艾恩葛朗特解放隊所提倡的，應該把金錢、道具以及情報等資源做最大限度廣為分配的理念絕對不是錯誤。攻略集團賺取的珂爾能夠讓追趕組更新裝備的話，他們就能在更安全的情況下賺取經驗值，追上最前線的速度也會提升才對。

但是最重要的分配方法卻很難斟酌。攻略集團在金錢上也不是非常寬裕，當然只能分配給真正以最前線為目標的玩家，但想要確認這一點的話，就需要花時間調查每一個人的身家或者舉行技能檢定。即使是龐大的ALS在人力上也沒有如此寬裕，就算真的有足夠的人手好了，做出這種類似警察，不對，應該說軍隊的行為可能反而會造成反感。

牙王小聲對在偷跑的情況下打倒第五層魔王，強行奪取公會旗的我說了句「謝啦」。應該是理解我們是為了防止攻略集團崩壞而不得不這麼做吧。他的口氣雖然粗暴，但絕對不是壞人……正因為如此，才會想盡辦法努力實行資源分配主義這種崇高的理想。

另一方面，率領龍騎士旅團的凜德這個男人所高舉的，則是與牙王完全相反的資源集中主義。將金錢、裝備以及經驗值都集中在少數的精銳玩家身上，創造出雄赳赳傲立於最前線的英雄集團。只要展示這樣的雄姿，不用進行分配下層的玩家也會奮鬥，為了加入集團而努力不懈，而這也是一種理想與現實互相對抗的情況。

但是唯一可以確定的是，如果要說公會旗這種特殊道具比較適合牙王的ALS還是凜德的DKB，那麼答案很明顯是後者。我和亞絲娜接下來就得向凜德和他的伙伴說明公會旗超乎想像的性能以及其讓渡條件。

「……還有五分鐘嗎……地點確定了沒？」

離開轉移門後聽見亞絲娜這麼問道，我便瞥了一眼剛剛收到的即時訊息。

「說是在名為『天馬蹄鐵亭』的旅館。妳看，就是那裡。」

我挖出封測時期的記憶並用手指著的，是稍微從廣場北側露出的純白建築物。那裡比我們住宿的「十五數字亭」要大多了。

史塔基翁這個城市是北高南低，呈現平緩的階梯狀。之所以不用山丘而是用階梯來形容，是因為地面全被隨處可見的二十公分方形地磚覆蓋，根本不存在自然的斜面。當然不是一直線的落差平行排列這種簡單的構造，不過南北向移動的話一定會需要上下階梯。

我們朝著旅館走去時，亞絲娜就抬頭看向城市北部並且說：

「……那個，聳立在最北邊的巨大建築物是誰住的啊？」

「那是領主的宅邸。嗯……我記得是叫作賽龍的鬍子大叔，他會給我們很多任務，所以要到那裡好幾次喲。只是要爬樓梯到那裡去真的很煩人……和練功區的山丘不同，不知道為什麼樓梯就是會讓精神感到疲憊。」

亞絲娜沒有對我的感想表示意見，只是皺起眉頭同時呢喃著：

「賽龍……好像在哪裡聽過……」

「是《魔戒》裡頭的大魔王吧？」

「那是索倫吧……算了，話說回來還剩下幾分鐘？」

「嗯……一分二十二秒。」

「遲到的話一定會被揶揄，用跑的吧！」

話剛說完，細劍使就沿著地磚的格子跑了起來，我則是急忙追了上去。

鑽過天馬蹄鐵亭的大門時還差七秒就到十二點三十分，坐在大廳沙發上面的藍髮男在看見我們的瞬間就以清晰的聲音說：

「太慢了。在約定好的時間前五分鐘到達是常識吧。」

早知道還是會被揶揄，乾脆就遲到五分鐘算了……心裡這麼想的我，隨即輕舉右手對攻略公會「龍騎士旅團」的會長凜德，以及站在他身後的幹部席娃達與哈夫納打招呼。

「哈囉。三位吃過了嗎？」

凜德他們就算再年輕也比高中生還要大，還是國中生的我在現實世界必須得說「請問三位用過午餐了嗎？」，但這裡可是無法無天的荒野艾恩葛朗特。而且我的年紀似乎被高估了兩三歲，甚至可能是四五歲，文謅謅的客氣話只會讓往來於回線的音聲檔案變慢，所以已經決定不這麼做了。

凜德似乎也不在意這種事，但我發言的內容似乎讓他不高興，只見他皺起眉頭來回答：

「我們可是從十五分鐘前就在這裡待機了，怎麼可能有那種時間。」

心裡雖然想著「也不致於沒有時間吃飯吧」，但我還是友善地提議：

「這樣的話，要不要邊吃邊談？反正你們下午要去攻略吧？」

其實這是「品嘗美食的話凜德的態度或許會軟化」的深沉戰略，但是藍髮公會會長卻不領情地搖搖頭。

「算了吧，我可不想被人竊聽……事情就到我們訂的房間去談吧。」

「……了解。」

我考慮了一下就立刻點頭。就算是在凜德所借，也就是除了他之外就無法解鎖的房間還是可以從裡面出來，而且這裡是圈內，也不可能用武力強行要我把東西讓渡給他。雖然不認為攻略集團領袖的凜德會做出這種事情，但是公會旗確實是具備「至尊魔戒」的魔力。

從沙發上站起來的凜德，帶著我偷偷取了「田徑社員」綽號的席娃達以及同樣取了「足球社員」綽號的哈夫納往大廳深處的樓梯走去。雖然凜德本人給我書法社員的印象，但那也可能是因為綁在後面的頭髮，髮尾就像毛筆筆尖一樣。

必須記東西在羊皮紙上，結果只有墨水而沒有羽毛筆的時候，不知道可不可以用那條馬尾寫字喔……我想著這種沒營養的事情並從後面追上三個人。

我們被帶到「天馬蹄鐵亭」三樓的總統套房。不愧是大公會，出手真是闊綽……這麼想之後，內心就又浮現一個疑問。

「噯，你們事先進入房間過了嗎？」

一問之下，朝門靠近的凜德就回過頭來，以疑惑的表情回答：

「沒有，剛剛才在櫃檯租下這間房而已。」

「這樣啊……那麼，應該還沒經歷過那種益智遊戲吧。」

我所指的是設置在門旁邊凹陷處，看起來糾纏在一起的金屬物體。

「那是什麼？」

面對皺起粗大眉毛的哈夫納，注意到物體是什麼的亞絲娜直接對他問道：

「DKB的各位，昨天晚上住在什麼地方？」

「昨天大家在跨年派對裡玩瘋了……直接就在會場卡魯魯茵的旅館裡昏睡。今天早上才上到這個第六層。」

「這樣啊。」

亞絲娜接著就瞄了我一眼。看來似乎是把說明的工作推到我頭上，於是我乾咳了一聲後就開口表示：

「那個，我想你們已經注意到這個城市，應該說這一層充滿各種益智遊戲了……旅館也是一樣。幾乎所有旅館都必須解開某種遊戲才能打開客房的門。遊戲種類會因為旅館而有所不同，這間『天馬蹄鐵亭』是所謂的Cast Puzzle……像是大型九連環般的東西。而且最便宜的房間是還算簡單的馬蹄鐵型益智環，越貴房間就越困難……」

「………………」

默默聽著我說明的田徑社員、足球社員與書法社員，就盯著壁龕裡的金屬物體好一陣子。

在交換過牽制彼此般的眼神後，首先由席娃達伸出手來。

益智環是由三個上面有宛如鹿角般突起的U字形零件緊緊纏在一起，其中兩個以鐵鍊連結在牆壁上，剩下的一個附著著房間鑰匙。不移動到正確位置與角度就絕對拿不下來，不過要以3D物體重現如此複雜的益智環，應該需要驚人的精準度與情報量吧。

席娃達動了三十秒左右就做出舉雙手投降的動作退了下來。第二名挑戰者哈夫納也在二十秒後敗退。第三個挑戰的凜德，在散發出「賭上公會名聲……！」的氣息下走了出來。

亞絲娜在兩公尺外的地方望著男人們的戰鬥，嘴裡同時這麼呢喃著：

「天馬蹄鐵亭這個名字，是從蹄鐵型益智環而來的吧。」

「我們旅館的數字推盤遊戲簡單多了吧？」

「知道絕竅的話啦……」

在我們進行簡短對話期間，凜德持續以果敢的態度挑戰著益智環，但努力了一分鐘左右就停下手來。

「……這根本打不開嘛。一定哪裡有古怪。」

「等一下，凜德先生。打不開的話就不是益智遊戲了。」

「那麼哈夫，交給你了。」

「哎呀，我很不擅長這種東西……」

雖然還想像這樣再觀察一陣子DKB成員平常難以目擊的真面目，但是之後的會談應該沒那麼容易就結束，所以這時候我還是自告奮勇前去幫忙。

「打擾一下……」

我將手掌擺出手刀狀並且插身來到凜德面前，接著把手伸向金屬物體。封測時期與這個城市的益智遊戲格鬥雖然已經是四個月前的事情，但是我的手還記得解九連環遊戲的訣竅……應該啦。

當時在旅館的床上睡著NERvGear也會自動結束完全潛行，醒過來時已經是在自己的房間裡。這種通稱「睡眠登出」的方法能夠迴避剛登出時的酩酊感，所以在封測玩家之間頗為流行，但我還沒有太多嘗試的機會封測就結束了。

我想著這些事情一邊動手，一邊一個一個卸開突起處，最後把附有鑰匙的零件拆下來。

「拿去吧。」

凜德以複雜的表情接下我遞過去的零件。將其插進鑰匙孔，往左旋轉半圈就傳出沉重的開鎖聲。

「……那這東西該怎麼辦……」

當回過頭的凜德話說到這裡，鑰匙就從他右手浮起來，在空中浮浮沉沉地飄動並且被壁龕吸進去。由鐵鍊鎖住的兩個零件發出喀嚓喀嚓的聲音自動咬合，變成原本的塊狀物。

「…………剛才那是怎麼回事？」

面對啞然的席娃達……

「不知道該說是魔法還是詛咒……詳細情形領主會告訴你喔。」

我這麼回答完就拍了拍凜德的肩膀。

「來，我們快點開始討論吧。你應該很忙才對吧。」

天馬蹄鐵亭的總統套房有著寬敞的客廳與兩間寢室，甚至還有簡單的廚房與浴室，可以說極盡豪華之能事。或許是愛好家的血液開始作怪了吧，亞絲娜稍微瞄了一眼浴室的門，但是獨自在黑暗精靈野營地入浴過的她，目前洗澡欲望指數似乎還很穩定，所以一臉輕鬆地直接從前面經過。

「……為什麼要借這麼貴的房間？」

我眺望著塞滿整片大窗戶的史塔基翁南市街景觀並且這麼問道，結果回答的不是凜德而是哈夫納。

「是安全上的問題。就算有人從房間外面使用竊聽技能，房間寬敞一點的話，我們就很可能不在其有效範圍之內吧？」

「啊，原來如此……」

點著頭的我，也再次確認ＤＫＢ相當重視這次會談的想法。

客廳中央有豪華的沙發組，或許是為了以防萬一吧，席娃達與哈夫納把沙發組移動到南側窗邊，把它跟門之間的距離拉到最大。要做到這種地步的話，乾脆在外面配置衛兵就好了，雖然很想這麼說，不過我隨即注意到大廳一定還有其他成員潛伏著。

沙發組是一張三人座的長椅子，以及兩張單人用靠肘椅子這樣的構成，原本認為我和亞絲娜當然會坐單人用沙發，但是凜德卻用不管三七二十一的手勢要我們坐到長椅上，在沒辦法的情況下只能遵照他的意見。

凜德與哈夫納坐到靠肘椅子上，席娃達則依然站在窗邊。不知道是不是讓我和亞絲娜坐在上座，然後另一個人站著來給我們壓力的作戰，或者單純只是剛好如此——當我這麼想時。

「第五層魔王攻略戰的大致經過，我和席娃達已經跟凜德先生說過了。當然也包括了你決定搶先進行攻略以及我們參加作戰的理由。」

坐在亞絲娜對面的哈夫納突然就進入主題，我眨了兩次眼睛後才做出「是嗎？」這種有點蠢的回答。

參加臨時聯合部隊的席娃達和哈夫納，那個時間點應該沒有跟凜德提及公會旗的事情。我正在想今天的會談是不是必須隱瞞這件事，還是要從這裡開始說起，現在他們既然已經說明過，那麼事情就快多了。

當我想著那我們也立刻進入主題時，坐在右邊的亞絲娜就瞄了席娃達一眼。我順著她的視線看過去，就發現短髮的單手劍使不知道為什麼以奇妙的表情對我們傳送著僵硬的視線。

我見看後就皺眉露出「這是怎麼回事」的表情，或許是對我的表情感到疑惑吧，這時凜德回頭看向右後方的席娃達。但是亞絲娜立刻就開口說：

「這樣的話，凜德先生應該也知道公會旗的事情了吧。」

她突然就丟出核心道具的名稱，凜德聽見後就轉回身子並且點點頭。

「……嗯，只是知道個大概。不過老實說，我還是有點半信半疑。在開始交涉之前，希望能先讓我看一下實物。」

雖然對他不用「會談」而用「交涉」的用詞遣字感到危險，但這個階段仍不足以構成拒絕他要求的理由。

「我知道了。」

點完頭後，我就打開選單視窗。但是在實體化之前，我還是實行了一個保險的計策。

首先移動到裝備人偶畫面，把顯示在右手格子上的日暮之劍＋3的圖示移到道具欄裡。由於在進入旅館之前就已經解除武裝，所以外表看起來沒有什麼不同。

接下來從武器欄裡選擇這次的主角武勇之旗，把它移到人偶上面。由於是兩手用武器，所以左右手的格子上都出現長槍圖示，接著特效光就在我手邊凝聚，實體化成為細長武器，不對，應該說是旗子。

從道具欄取出武器時，單純只是選擇實體化的話就會出現在視窗上，如果裝備上去的話，出現位置就會分成兩個地方。

事前設定過裝備位置——長武器幾乎都在背上——的話就會直接出現在該處。但是未設定裝備位置，或者沒有讓武器實體化的物理空間時就會出現在手邊。這次我把雙手放在視窗上，所以凜德他們無法判別我是單純把公會旗實體化，還是把它裝備到身上。

看見實體化後長達三公尺的白銀長槍，凜德的眼睛一瞬間瞪得老大。

長槍底部的金屬箍部分到達窗戶附近，槍尖橫越亞絲娜的膝蓋從沙發上露出來。上半部的四分之一左右捲著白布，綁住布的繩子也同樣是銀色。作為武器的性能老實說實在不怎麼樣，但施加在柄上的纖細雕刻與旗子上華麗的滾邊，再再都傳遞出其作為物件檔案有多「龐大」。

「請吧。」

凜德用雙手接下我右手遞出去的旗子。

如果我只是把旗子實體化，這時候凜德只要拿著旗子往室外猛衝並且逃過五分鐘——然後這段期間席娃達與哈夫納不斷防礙我進行「所有道具完全實體化」，道具的所有權就會轉移到凜德身上。但是裝備之後交給他，所有權的持續時間就會延長為一個小時。

雖然覺得有〇．一％左右的機率發生這種情形，但是凜德觸碰旗桿叫出屬性視窗，然後熟讀內容後，只是嘆了一口氣就乖乖把旗子還給我。等我再次把旗子收進道具欄，他就靠到椅背上並低聲沉吟道：

「嗯……原來如此……想不到才第五層就出現這種破壞平衡度的道具……」

「不運用看看的話就不清楚實際的效果如何。」

聽見我的話後，公會會長就輕輕聳肩。

「屬性視窗不會說謊吧。效果範圍是三十公尺，四種支援效果……光是這樣就已經強力到不可思議了。也難怪牙王先生會想偷跑來獲得它。當然很令人生氣就是了。」

嘴裡雖然這麼說，但他的口氣裡感覺不到太多怒氣。或許是也有同樣的印象吧，這時亞絲娜開口提問：

「已經和ALS談過了嗎？」

「沒有。昨晚的派對雖然和牙王先生乾杯了，但那個時候我還不知道公會旗的存在。」

嘴角露出諷刺笑容的凜德往旁邊瞄了一眼，結果哈夫納就很尷尬地搔起頭來。

也就是說凜德應該是短短數個小時前才聽到兩個人的說明吧。但是卻如此地冷靜，難道是他也跟牙王一樣……覺得旗子沒有交到ALS手中就沒關係嗎？

我如此祈求著，然後直接提出今天的主題。

「那麼，既然已經看過實物，我就來說明讓渡條件吧。當然，跟對ALS提出的完全一樣——條件之一是掉出另外一根公會旗。大概下一次一定會由ALS或者DKB入手，這樣的話我就免費把我保管的公會旗讓渡給沒有拿到的公會。條件之二就是ALS與DKB合併。達成這個條件的話，我也無條件地讓渡旗子。」

在第五層的魔王房間裡，當我跟ALS成員們提出這個條件時，只得到此起彼落的「怎麼可能辦得到」、「別開玩笑了」的怒吼聲。但凜德似乎早就知道我的條件，他面不改色地點點頭，然後丟出意料之外的問題。

「桐人先生，封測的時候沒能打倒第十層的魔王對吧？」

「啊……嗯，沒錯。迷宮區是名為『千蛇城』的和風城堡，結果只能前進到途中。」

「那麼，在那之前的魔王都沒有再掉下公會旗了？」

「應該……沒有吧。」

「原來如此——也就是說，第一個條件到第十層為止都很可能無法達成嘍……」

凜德的發言讓我默默點點頭。

第五層出現的話，感覺第十層好像也會出現，但這種事情絕對不能隨便信口開河。早知如此，封測時就應該努力一點，至少也要打倒第十層的魔王，但現在都只是事後諸葛罷了。而且出現在千蛇城裡的怪物——尤其是大蛇武士的「蛇魔．菁英護衛」以及大蛇忍者「朽繩．菁英暗殺者」都強到令人絕望，光是想到繼續攻略下去將會再次跟牠們戰鬥，我的背部就一陣發冷。老實說實在不願意想像牠們的頭目，也就是樓層魔王究竟有多強。

啊，好想喝熱騰騰的日本茶……當我這麼想著並等待他繼續說下去時。

凜德沒有提及實現第二個條件的可行性而是打開了視窗。我稍微提高警覺並且注意著手頭，但實體化的並非武器，而是特別巨大的皮革袋子。

凜德從視窗上抓起袋子並將其放到桌上的瞬間，就傳出沉重的金屬聲。

「——裡面有三十萬珂爾。」

凜德以非常認真的表情對啞然的我和亞絲娜宣告：

「現在的DKB所能出得起的上限金額。這樣你會想把公會旗賣給我們嗎？」

之後——真的是很久之後，亞絲娜才這麼對我說。「那個時候桐人如果立刻回答要賣掉，我就會把皮革袋子從旅館窗戶扔出去喲」，這麼說的她臉上還露出溫柔的笑容。

但是這時候的我只是認真地盯著桌上的皮革袋子，有好一陣子無法做出反應。

並非被實體化後的三百K珂爾所散發的存在感所震攝，也不是猶豫到底該不該賣。只是思考被突然復甦的過去情景給吸引過去。

那確實是在將近一個月前——二〇二二年十月二日傍晚發生的事情。之所以連日期都記得，是因為那一天是在第一層托爾巴納首次招開魔王攻略會議的日子，同時也是我在迷宮區深處遇見亞絲娜的日子，但是復甦的記憶跟這兩者無關。

那一天，有人委託情報販子亞魯戈當中間人，想要收購我當時的愛劍韌煉之劍＋6。金額是兩萬九千八百珂爾，幾個小時後又加到三萬九千八百珂爾。

剩下兩次強化次數——也就是沒有失敗就強化到＋6的韌煉之劍在當時確實是相當貴重的物品，但是市場上的價格最多也只有三萬五千吧。感到疑惑的我，就對收到一千珂爾封口費的亞魯戈加了五百珂爾來問出委託者的名字。結果說出來的名字是牙王，但也讓我更加感到不可思議，結果是在第一層的魔王攻略戰當中，注意到牙王也不過是一名中間人。

想要買下我手中韌煉之劍的是率領ＳＡＯ首支聯合部隊的男人，「騎士」迪亞貝爾。他的動機不是強化自身武力而是要削弱我的戰力——為了讓自己能確實獲得ＬＡ獎勵，建立起作為領袖的不動地位。

但是第一層魔王「狗頭人領主．伊爾凡古」的攻擊模式與封測時期完全不同，跟我一樣是封測玩家的迪亞貝爾就因為被自己的知識背叛而喪命。

表面上與迪亞貝爾保持距離，暗地裡卻仰慕他到願意接下買收武器工作的牙王，以及原本是迪亞貝爾忠實小隊成員的凜德，都以成為騎士繼承人為目標，卻又因為信念不同而分道揚鑣，各自成為ＡＬＳ與ＤＫＢ兩大公會的會長。

凜德放在桌上的三十萬珂爾，是迪亞貝爾最初提出購買韌煉之劍＋6費用大約三萬珂爾的十倍。當然這應該純粹是偶然……因為凜德完全不知道迪亞貝爾檯面下的另一張臉孔。哪一天有機會跟牙王一起喝一杯時，很想問他為什麼會答應當迪亞貝爾的代理人，以及他對那件事情有什麼想法……

從剎那間回憶當中醒過來的我，視線移到凜德臉上微微搖頭。

「……不，就算再加十倍的錢我也不賣。因為真的會被ＡＬＳ吊起來……應該說——你應該也打從一開始就不認為我會答應了吧？」

結果公會會長再次聳肩，然後以平靜的聲音回應。

「是啊。但該完成的手續還是得確實完成。萬一你想賣的話我們就賺到了，就算被拒絕也能獲得『沒辦法用錢買通』的證據。」

「原來如此。但是，要是堆出一百倍……三十Ｍ珂爾的話就不知道嗯哦……」

語尾之所以變得像是謎樣的亞人種說話，完全是因為亞絲娜以輕鬆的表情伸出左手對我的側腹部使出一記貫手。凜德雖然沒有反應，但是席娃達和哈夫納的眼珠同時轉了一圈。

輕咳了一聲後，我便為了結束會談而表示：

「總之，ＤＫＢ也了解讓渡條件了……我這麼說沒錯吧？」

「嗯……這個時間點也只能如此妥協了。我也不想和ＡＬＳ的對立變得更加嚴重——只不過，看見這種性能之後——就覺得接下來的魔王戰無法使用公會旗真的很可惜。」

「這我也有同感。我們也會想想看有沒有什麼使用方式，當然也隨時歡迎提供點子，想到什麼就傳訊息給我吧。」

「了解了。」

以這句話為訊號，凜德與哈夫納同時站了起來。從對方展現送客態勢之後，我才想起這個房間是DKB所借，於是也急忙起身。

排成一列離開房間之後，凜德想是想起什麼事情般回過頭來。

「話說回來……其他的旅館也設置了這種麻煩的益智遊戲嗎？」

「一半是YES，一半是NO。」

面對露出疑惑表情的凜德，我咧嘴笑著說：

「不只有旅館喲。NPC商店、民家、其他設施……除了建築物的主玄關之外，所有能看到的『房門』都設置了益智遊戲。那麼，好好享受吧。」

拍了一下茫然而立的書法社員肩膀之後，我便快步朝著樓梯走去。

4

「……想不到這麼簡單就結束了。」

離開天馬蹄鐵亭充分的距離之後，旁邊的亞絲娜就這麼表示。從她的口氣裡聽出不滿，我忍不住就問道：

「妳的意思是，要有點爭執比較有趣嗎……？」

「笨蛋，怎麼可能呢。」

輕舉起拳頭的細劍使稍微確認了一下周圍才小聲地繼續說：

「——我是期待能有更加深入的討論。既然沒那麼簡單就有第二根掉寶，那麼為了讓旗子在這層就發揮功效，每個人都知道只有第二個條件……也就是朝合併這個方向前進吧。但是想要合併的話，一開始能夠做出讓步的……我覺得應該是DKB而不是ALS。」

「咦？為什麼？」

我倒認為「覺得與其合併倒不如大戰一場的認真度」雙方都差不多，聽見我的問題後，亞絲娜便以嚴肅的表情回答：

「因為ＡＬＳ是追求理想的集團，ＤＫＢ則是追求實利的集團。如果要合併的話，至少得換掉公會的名號吧，你不覺得那個時候ＤＫＢ成員的拒絕反應會比較輕微嗎？不知道該不該說是因為認為自己才是攻略集團主流，才會如此大氣……」

「啊……妳這麼說確實是沒錯啦……」

我看著擋在數百公尺上空的第七層底部並點點頭。

「艾恩葛朗特解放隊」這個公會名稱，當然是表示要解放被囚禁在這個浮遊城的一萬人——不對，已經減少到八千人的生存者（玩家）這個最終目標，但我感覺它還包含了另一個深層的意思……也就是要解放資源被僅僅五六十人的攻略集團獨占的構造。

另一方面，雖然不清楚「Dragon Knights Brigade」——翻譯成日文應該就是「龍騎士旅團」的公會名稱是來自誰的提案，但是我不認為它具有什麼特別的意義。說起來就是線上ＲＰＧ經常可見的那種重視氣氛的命名。如果合併時需要更改公會名稱，感覺正如亞絲娜所說的，ＤＫＢ成員們似乎不會有太強烈的反抗。

正因為這樣，如果一開始ＤＫＢ展現某種讓步的姿態來打開公會合併的開端……亞絲娜應該是這麼期待的吧。但是——

「……ＳＡＯ在系統上，只有一個人能當公會會長。」

我這麼呢喃完，右邊的腳步聲就一瞬間停了下來。我也放慢走路的速度，把接下去的想法說出口。

「就算能夠上桌進行合併的交涉，最後凜德和牙王也絕不會讓出領袖的寶座吧。因為他們都自認為是迪亞貝爾的後繼者。」

「…………那麼！」

聲音裡激動的情緒，讓我驚訝地看向旁邊。

結果再次停下腳步的亞絲娜，這時緊握住雙手並緊瞪著腳下二十公分的地磚。

「……那麼那些人為什麼只把危險的任務推給桐人呢？為了理念、自尊這種不重要的東西而擅自發生衝突，然後要桐人來幫忙擦屁股，這不是身為領袖應該做的事情吧。」

這和昨天在第五層魔王房間所聽見的發言十分類似。然後我這次也只能做出同樣的反應。

「……他們也沒有推給我啦。保管公會旗也是我自己強出頭造成的結果……反而覺得把亞絲娜捲進來真的很不好意思……」

昨天在這之後，亞絲娜就流下淚水。

但是今天就不一樣了。她立刻抬起頭來，深栗色眼睛裡帶著強烈光芒，然後以壓低音量但是相當堅定的聲音呢喃：

「現在沒辦法說這種溫吞的話了。昨天晚上『黑色斗篷男』之所以襲擊桐人，就是因為你阻撓了讓ＡＬＳ與ＤＫＢ相爭的行動吧。不對，還不只是這樣……我想那個男人應該是想從桐人身上搶走公會旗。因為那是讓攻略集團窩裡反的絕佳道具。」

「咦咦……？但是，這樣情報傳達的速度也太快了吧？那個時間點的話，知道我身上有公會旗的就只有參加魔王攻略的傢伙和ＡＬＳ的主力而已……」

話說到此，連我自己都注意到了。說起來ＡＬＳ除了第三層和我戰鬥的斧使摩魯特之外，很可能還有其他由黑斗篷男率領的ＰＫ煽動集團成員潛入其中。這樣的話，公會旗的情報一定完全洩漏出去了。

成員的平均等級與裝備性能稍微落後給ＤＫＢ的ＡＬＳ，正利用擴充陣容來填補這樣的差異。他們設置人員招募專門班，積極招攬以參加攻略集團為目標的玩家，這種心態固然相當可取，但同時也很難防止帶著惡意的對象滲透到組織當中。

是時候該聚集兩公會的幹部，確實分享關於ＰＫ集團存在的情報了……心裡這麼想的我，把準備橫向搖動的頭改為直向點了幾下。

「不，確實有這種可能性。但如果是這樣的話，就更不能把公會旗隨便推給別人了。何況我已經知道他們一定程度的手法，封測時期也經歷過好幾次對人戰……」

結果亞絲娜就猛烈地吸了一口氣，但是只把空氣停留在胸口一秒左右就又細又長地將其呼出。接著突然把臉別開，以指尖撫摸著掛在左腰的白銀細劍——

「……這樣獲得你傳授對人戰要點的我，也有跟那些傢伙戰鬥的義務吧。」

「咦咦！等……等等，我不是因為那樣才……」

「我已經決定了！」

堅決地如此表示後，從細劍上離開的左手食指就刺在我的右胸上，暫定搭檔幾乎是用命令的口氣繼續對我這麼說道：

「聽好了，接下來別像第四層去尋找亞魯戈小姐時那樣，沒跟我說一聲就自己一個人跑出去了！二十四小時都要待在我能看得見的地方喔，知道了嗎！」

「嗚咿咿？」

雖然覺得自己又不是還在念幼稚園的兒童，但亞絲娜臉上看不出在開玩笑的氣息。嘴巴數次開合之後，我才試著稍做抵抗。

「但……但是，住在旅館時該怎麼辦……？」

但驚人的是，亞絲娜似乎連這些事情都想過了。至今為止都會紅著臉做出物理攻擊，但現在別說動搖了，根本是立刻就回答：

「只要借像剛才的總統套房那樣有兩張床的房間就可以了吧。各付一半的話，住宿費也不會太貴吧。」

「…………說……說得也是……」

我只剩下點頭同意這個選項了。

「很好！」

亞斯娜發出宛如學校老師般的聲音，輕輕反轉身體後，隨即高聲踩著地磚走了起來。但是只走了三步就停下腳步，再次回過頭來說：

「那麼……我們現在要去哪裡？」

「呃……」

我再次環視了一下周圍。目前的位置，是在從轉移門廣場往南北方延伸的史塔基翁主要街道稍微往東一點的巷弄裡。說是巷弄其實相當寬敞，道路右側是細長的綠地，左側是一整排小規模的店鋪。整排商店裡似乎也有幾間餐廳，可以聞到刺激著嗅覺的香氣。

「…………先去吃午飯，然後再到領主宅邸去如何？」

亞絲娜輕輕點頭同意我的提案，這才終於露出笑容。

「說得也是。我想吃些有年味的料理耶。」

「這……這太困難了吧……」

嘴裡雖然這麼回答，內心卻開始搜尋起記憶，看看是不是有地方能吃得到有年味的料理。

以肉捲與法式炸蝦的中午套餐這種硬要解釋的話，也可以算是洋風年菜的料理填飽肚子後，我們就在呈緩升階梯狀的巷弄裡直往北方前進，最後來到位於高台上，可以俯瞰史塔基翁街道的領主宅邸。

宅邸後面直接就是艾恩葛朗特的外圍部分，可以看到一整片淡藍色空間。在巨大的門前迴轉一百八十度，就能瞭望長方形的主街區以及遙遠彼方的第六層練功區。

「……像這樣眺望的話，就會覺得直徑十公里也很廣大呢……」

亞絲娜的感想讓我原本想表示艾恩葛朗特是上尖下寬，所以每一層應該會變小七十公尺左右，但後來又覺得一點誤差無所謂，於是便點頭說：

「一般來說，開放世界RPG的地圖大約是十公里到二十公里的四方形，大概就是像許多款類似的遊戲重疊起來吧。根據基滋梅爾所說的『大地切斷』傳說，艾恩葛朗特是切下大陸各個地方的一小塊所形成，而原本那塊被切割下來的地圖究竟有多麼遼闊呢……」

「……我記得根據森林精靈的傳說，只要收集六把祕鑰並打開聖堂，艾恩葛朗特就會再次回歸大地吧。」

亞絲娜的話，讓我挖掘保存在腦袋裡頭的精靈戰爭任務設定。

「然後黑暗精靈的傳說是打開聖堂的話艾恩葛朗特會崩壞……對吧。雖然絕對想避免崩壞，不過也不願意回歸大地……這個地圖要是突然變成幾十倍甚至幾百倍寬的話，會提不起勁進行攻略喔。」

「但是，如果是這樣就不用一個一個攻略迷宮區，可以直接就到最後魔王所在的迷宮去了吧？」

「啊～這倒是真的……等等，這樣絕對贏不了吧。」

一瞬間快要想像著死亡遊戲開始當天茅場晶彥所說的「在第一百層等待的最後魔王」會是什麼模樣，我急忙甩了甩頭才又開口說：

「好了，到裡面去吧。跟領主承接任務，今天希望能夠把這個城市的部分解決掉。」

史塔基翁的領主賽龍是一名實在不適合美髯與華麗官服的瘦小男性。不過他並不耍架子，很親切地迎接我們這兩個突然到訪的陌生人——雖然房子前面排了三組玩家而稍微等待了一下，不過那並非領主的責任——甚至還招待我們喝茶。

賽龍的外表和說話內容都跟封測時期完全一樣，但為了更新記憶還是仔細地把話聽完。

領主表示，這個城市之所以會充滿益智遊戲，是因為上任領主受到詛咒的緣故。

前任領主派伊薩古魯斯是一名非常喜愛數字與益智遊戲的男性。他經常自豪地表示沒有自己解不開的益智遊戲。有一天，來到宅邸拜訪的旅人對他提出了極為複雜的數字益智遊戲，結果他沒有辦法解開。盛怒之下的派伊薩古魯斯拿起手邊的黃金魔術方塊擊殺了旅人。旅人留下詛咒之後就嚥下最後一口氣，從那天開始史塔基翁的街道上就被各種益智遊戲附身了……

「……派伊薩古魯斯大人也像是瘋了一樣，拿著染血的黃金魔術方塊從史塔基翁消失了。

之後很快就過了十年……我想他應該已經不在人世……」

賽龍以悄然的表情啜著茶。

「……身為派伊薩古魯斯大人大弟子的我就接下領主的位子，一直努力想要解開遭到殺害的旅人所下的詛咒，但益智遊戲還是每天不斷地增加。現在幾乎街上每一個家庭的內門和收納箱都受到益智遊戲的詛咒，再這樣下去連外門上也會出現吧。到了那個時候，我們就沒辦法在這個城市生存下去了……兩位劍士——可不可以請你找出派伊薩古魯斯大人從領主宅邸帶走的黃金魔術方塊，把它拿到這裡來呢？把方塊供奉在旅人墓前並且盛大地弔祭他的話，一定能解開益智遊戲的詛咒才對……請務必救救史塔基翁這個城市啊……！」

賽龍一低下頭，他的頭上就出現「！」符號。稍微瞄了我一眼的亞絲娜……

「我知道了，我們就接下任務吧。」

一這麼回答，符號就變成了「？」。

接下來就是一段你問我答的時間，由於我們後面還排了好幾組準備接任務的玩家，於是問出最低限度的情報後，就立刻離開接待室。構造與裝飾雖然豪華，但所有部分都是由二十公分的方形磚頭與地磚所構成，所以給人強烈的遊戲感，在內部逛了一圈後繞到後院，在被上任領主撲殺的旅人墓前雙手合十後就來到屋外。

「呼……一進入那種豪宅，就會想把所有架子、抽屜還有壺之類的都搜過一遍，真的很困擾……」

大大打了個呵欠並說出這樣的感想，亞絲娜的上半身就誇張地往後傾。

「咦咦……桐人你有這種性癖嗎……？」

「啥？不……不是吧，這不是什麼性癖，而是RPG的話進到別人家裡一定都會把收納的地方全部打開啊！嗯，如果是國外，也有不少遊戲這麼做會挨罵就是了……」

即使我拚命地抗辯，依然露出猜疑表情整整三秒鐘之後，亞絲娜才發出輕笑。

「嗯，桐人不是那種偷偷摸摸地搜索，而是會想在持有者面前把道具欄整個翻過來找的類型吧。」

「這……這種事情我……」

話說到一半，就回想起在第二層時把亞絲娜的一切所有物完全實體化的事情，於是便乾咳了幾聲來把事情帶過。

「……也不是說都沒做過啦，倒是我們快點開始解任務吧。剛才承接的『史塔基翁的詛咒』任務是個超長的連續任務，不快點進行的話，就沒辦法在樓層魔王攻略戰之前把它結束喔。除此之外，我們也還有精靈戰爭活動任務第六層篇呢。」

「我比較期待那一邊的任務。剛才的任務是什麼旅人被殺害，領主又失蹤了等等，聽起來就很灰暗。」

「我覺得ＲＰＧ的任務基本上都不會太開朗啦……」

雖然苦笑著這麼回答，不過老實說我也想立刻就去見基滋梅爾。但是越長的連續任務，在完成時就能獲得越多的獎勵經驗值。目前很難以高風險高報酬的方式來賺取經驗值——當然是因為遊戲內死亡現實世界也會真的喪命的緣故——以現狀來說，乖乖解任務才是升級最快的捷徑。

或許是提起幹勁了吧，像收音機體操彎曲揮起的雙臂然後再次伸直後，亞絲娜便元氣十足地說道：

「好，加油吧！一開始要去哪裡？」

「到十年前擔任前任領主管家的老爺爺那裡去打探消息。」

當我一這麼回答，亞絲娜的幹勁就急遽減少。

「嗚哇，好普通……而且這又是得在入口等的任務吧……」

「要不要買個九連環，在等待時拿來殺殺時間？」

「不用了。」

細劍使冷冷搖了搖頭後就大步走了起來，我只能小跑步從後面趕上去。

前管家的家在距離領主宅邸相當遙遠的史塔基翁南端。

如果北部是綠地相當多的高級住宅區，那麼南部就是名符其實的老街，狹窄巷弄的兩側密集建造了許多小房子。雖然建築物本身幾乎都是木造，但不是由柱子和牆板所構成，而是二十公分的木塊組合而成，所以給人原寸大積木城市的印象。

幸好目的地看不到其他玩家的身影，我們聽老人說了十幾分鐘的話就來到屋外。

這次的談話內容也跟封測時一樣。之前擔任管家的老人，雖然沒有目擊十年前旅人被殺害的現場，但是聽見悲鳴後趕到領主房間時就看見死狀悽慘的屍體躺在地上了。頭部整個被打爛，粗糙的旅行袋也被血染成鮮紅色……由於他把屍體的模樣敘述得十分詳細，所以在封測時期也出現「這個任務應該是十八禁吧」的話題。

管家也不知道派伊薩古魯斯與黃金魔術方塊的下落，但表示當時的女傭或許知道些什麼……由於他給了我們極為明顯的線索，所以接下來就朝女傭的家前進。

走在狹窄的路上，亞絲娜就提出極為理所當然的疑問。

「那個……桐人你應該知道這個任務最後要去什麼地方吧？沒辦法跳過途中的過程，直接到那個地方去嗎？」

「就是沒辦法啊……不確實依照順序來的話，就沒辦法聽取情報，也不會引發事件。如果不是先跟賽龍談過話，我想就算到剛才的老爺爺那裡，他也不會讓我們進去家裡喔。」

「……順便問一下，在這個城市裡還得去跟幾個人說話？」

「六個人。」

一聽見的瞬間，亞絲娜就大叫著「呼溜～嗯！」。

「……剛才那是什麼意思？」

「是精靈語，意思是跟這種找人的任務比起來，我比較喜歡打倒多少隻怪物類型的任務喲！」

「嗯咕嚕嗯嗟。」

「……剛才那又是什麼意思。」

「是半獸人語，意思是我也有同感。」

我們就進行著這種沒有營養的對話並橫越史塔基翁的街道，來到結婚後進入家庭（其實沒提到這部分）的女傭家。

接著持續探訪十年前的園丁、廚師、弟子1號、弟子2號以及在宅邸出入的酒商，終於獲得「派伊薩古魯斯在隔壁的城市有另一棟宅邸」的情報，暫時結束在這個城市裡的連續任務。

離開酒品專賣店後，從外圍開口處能看見的天空已經染上傍晚的紅紫色。時間是下午五點三十分，之所以花了那麼多時間，是因為有幾處前往訪問的地方還發生了一些跑腿任務。

打了一個大呵欠的亞絲娜，以疲憊的表情說道：

「……結果也沒獲得什麼大不了的情報。只知道前任領主派伊薩古魯斯雖然是個怪人卻受到眾人的景仰，然後沒結婚也沒有小孩……？也不知道被殺害的旅人究竟是來自哪裡的什麼人……」

「但是，旅人本來不就是這樣嗎？這個世界又沒有護照和ＳＮＳ。」

「只不過，十年前轉移門應該還無法發揮功能，就算是旅人應該也是來自於這個第六層的某個地方吧？最多也只有三四個其他城市或村莊，想要調查身分的話應該可以辦得到啊……」

以認真的表情這麼呢喃完後，亞絲娜就抬頭看著我。

「……怎……怎麼了？」

「說起來……桐人知道這個任務的結局吧？派伊薩古魯斯先生到哪裡去了？那個旅人又是誰？」

「咦咦……直……直接問答案嗎？」

不論是線上還是單機版遊戲，關於劇情的爆料都是很敏感的問題。有的人完全不在意，也有會氣到怒髮衝冠的人。當然ＳＡＯ裡面是以存活下來為最優先事項，亞絲娜也不像是那種會在意爆料的人，不過為了慎重起見，至今為止我還是小心翼翼地不透露任務的結局。

但是亞絲娜一瞬間愣了一下後，或許終於了解我這麼說的意思吧，只見她發出了輕笑聲。

「啊～看來你很替我著想嘛。別擔心，像這種感覺的任務，就算透露劇情我也不會在意。」

「什……什麼叫這種感覺……那會在意爆料的又是哪種感覺的任務啊？」

「溫暖系或者感動系的吧。」

「…………」

至今為止所解的任務裡面，究竟哪一個屬於溫暖系哪一個屬於感動系呢──然後現在進行的「史塔基翁的詛咒」又被分類為哪一系呢？我考慮了幾秒鐘這樣的事情後，隨即告訴自己再想也沒有用，於是就開口表示：

「……嗯，總之就是說出這個任務的結局妳也不會生氣對吧？」

「沒關係喲～因為絕對是會讓人覺得鬱悶的劇情吧。」

「…………」

雖然很不甘心，但她的預測相當正確。封測時期歷盡千辛萬苦解開任務時，因為後勁實在讓人很不舒服，我心裡一直都有「把劇作家給我叫來」的想法。

「那我就直接透露了……其實打從一開始就沒有什麼旅人。」

「咦！」

這果然出乎亞絲娜的意料吧，她停下腳步，整個身體轉向我。

「你說沒有……但是，管家和女傭都看見屍體了吧？園丁先生也說要埋葬在後院時幫忙挖掘了墓穴。那麼被殺害並埋起來的是誰……啊！」

在似乎注意到什麼的亞絲娜開口說下去之前，我就輕輕拍起手來。

「答對了。那個屍體就是上任領主派伊薩古魯斯。如此一來，殺了他的是……」

「…………賽龍先生？」

「這也答對了。賽龍雖然是益智遊戲王派伊薩古魯斯的大弟子，但是聽見派伊薩古魯斯要指派其他弟子當繼承人後，就暴怒並且把他打死了。為了隱瞞事實而把屍體的臉打爛，讓他穿上破爛衣服後創造出虛構的旅人……」

「看吧！看吧！」

突然大叫的亞絲娜，這時候雙手扠腰並把臉靠過來說：

「果然是讓人感到鬱悶的情節！所以我才沒辦法喜歡這種類型的任務！說起來，益智遊戲王又是什麼東西啊，當上繼承人又有什麼好處呢？」

「別……別對我生氣啊……我是不知道有什麼好處，益智遊戲王大概就像獎牌王一樣，想當的人自然會想當吧？」

「實在無法接受……應該說——那個獎牌王又是什麼東西啊……」

「抱歉，當我沒說過吧。總之呢，結局雖然是這樣，但是可以獲得大量經驗值，讓我們努力完成它吧。」

「好啦～」

以不太願意的表情回答完，亞絲娜就仰頭看著下一層的底部。石頭與鋼鐵的蓋子迅速染上深紫色，再過不到一個小時夜晚就會來臨了吧。到隔壁城市的距離大概是一．五公里，路途中不會出現什麼怪物，所以在完全變暗之前應該可以抵達，但接下來就是問題了。完全廢墟化的派伊薩古魯斯別墅裡面有靈魂系的怪物，也就是幽靈出沒，在發現接下來的線索之前必須跟它們戰鬥好幾次——不過我決定現在還是先別提起，於是輕輕拍了細劍使的肩膀。

「到下一個城市吃晚餐，之後繼續解這個任務吧。明天一整天可以完全解完的話，我想隔天就能去黑暗精靈的碉堡了。」

結果亞絲娜的臉瞬間發出光芒，元氣十足地回答了一聲「嗯！」。

第六層的第二個城市「斯里巴司」完全看不見之前那種二十公分的方形磚頭，是看起來帶著某種南歐風的優美城市。

流經城市中央的大河上架起許多橋梁，讓人聯想到第四層主街區羅畢亞，很可惜的是河上看不見任何一艘貢多拉。但是黑色水面上映出無數閃亮橘色街燈的光景，還是具備幻想世界才有的美感，我們就在架在城市入口的橋上佇足凝視了一陣子。

「……那個，這個城市沒有益智遊戲的詛咒吧？」

最後亞絲娜開口說了這樣的第一句話，我便用力點了點頭。

「沒有喔。想玩的話，禮品店裡有很多可以買。」

「才不要呢。」

她堅定地這麼說完，立刻又接著說：

「倒是我們快去吃飯吧。斯里巴司的知名料理是什麼？」

「啊～是什麼呢……」

封測時期只是來解任務，幾乎是直接經過，而且當時根本沒什麼在艾恩葛朗特吃飯的機會——有那種時間的話寧願拿來提升等級，何況用虛擬食物填飽肚子的話會挨媽媽和妹妹的罵——所以當我努力挖掘淡到不能再淡的記憶時——

「是焗烤派喲。」

這樣的聲音從身後近處傳過來，我反射性護住亞絲娜並以最快速度轉身。

靠在石造欄杆上的當然並非在第五層打算殺了我的黑斗篷男，而是罩著沙色披肩的嬌小女性玩家。臉孔的上半部幾乎被像是稻草一樣的亮黃色捲髮給遮住了，不過看見臉頰上那三條鬍鬚的註冊商標就絕對不會認錯人。

是目前的艾恩葛朗特唯一且最厲害的情報販子，老鼠亞魯戈愣了一秒鐘左右，隨即噘起嘴唇說：

「什麼嘛，桐仔突然就出現這種反應，大姊姊我受傷了喲。」

「抱……抱歉。因為有點事情，現在是特別警戒偷襲的期間……」

當我這麼謝罪時，亞絲娜就從我背後跳出來。

「晚安，亞魯戈小姐！還在想怎麼沒在史塔基翁看見妳，原來已經來到這個城市了呢。」

「安啊，小亞。」

輕輕揮了揮手後，亞魯戈就離開橋的欄杆走了過來。

「哎呀，雖然明天就想推出『攻略冊』的第一集，不過領先集團幾乎都把主要據點從史塔基翁移到斯里巴司來嘍。」

「咦，是這樣嗎？為什麼……」

剛問到這裡就想出理由了。

「……啊，附有益智遊戲的門太麻煩了……嗎？」

「嘻嘻嘻，正確答案～何況這邊附近的怪物也都不怎麼強……所以必須給兩位一個壞消息，斯里巴司的旅館幾乎都客滿，只剩下昂貴的總統套房還有空房喲。」

她的話讓我不由得和亞絲娜面面相覷。我們今天晚上本來就打算睡在有兩間寢室的總統套房，所以就算單人房都客滿了也不會太困擾，但是要對高舉「能賣的情報決不保留」這種恐怖座右銘的亞魯戈說明這件事，就讓我們有點，不對，是非常猶豫了。

「啊～這……這樣啊。不過找一下應該還是能找到一兩間空房吧。」

聽見我這樣的回答，亞魯戈只是動了一下右眉就沒多說什麼，然後直接轉換了話題。

「那麼……從剛才的對話聽起來，桐仔和小亞接下來要去吃飯嗎？」

「嗯，正在討論要吃什麼。亞魯戈小姐，妳剛才說這個城市的知名料理是焗烤派吧？有沒有什麼推薦的店家？」

「我也是今天中午才剛從史塔基翁移動到這裡。還只試過一家而已，不過那間店真的很好吃喲。」

「那就到那家店去吧！」

被立刻回答的亞絲娜推著背部，亞魯戈也只能苦笑著邁開腳步。如果對象是我的話，絕對會毫不留情地要求情報費吧，但就連「老鼠」似乎也敵不過已經把她當成朋友的亞絲娜。

亞魯戈帶著我們來到一棟建築物前面，該棟建築物就面對著貫穿斯里巴司的河川，而三樓有一間相當隱密的餐廳。由於一樓、二樓都是單純的民家，外面也沒有掛招牌，不知道其存在的人應該很難找到這裡吧。

樓梯狹窄到難以錯身，盡頭的門已經褪色到浮現木紋，不過店內倒是頗乾淨。除了吧檯之外還有兩張四人座的桌子，於是我們便占據了其中一張。

我原本想像據說是名菜的焗烤派是宛如餃子一般的料理，但是出現的是直徑二十公分左右的圓形，也就是所謂的肉餡餅。加了滿滿起司的酥脆派皮包住番茄風味的肉與蔬菜，嘗起來確實不錯。應該說很美味。

圓形的派瞬間變成半圓，喝了一大口冰涼的花草茶之後，我就對情報販子問道：

「這個城市的焗烤派，全像這裡一樣是番茄起司口味嗎？」

「嗚喵，如果跟封測時一樣，那麼每間店所包的內餡都不一樣喲。河邊的店家基本上都是魚喲。」

「魚肉派……有點難以想像耶……」

當我歪起脖子，坐在隔壁的亞絲娜就認真地說：

「也就是所謂的『鮭魚南瓜派』那樣的料理吧。」

「所……所謂的……？」

艾恩葛朗特裡有這種常見的料理嗎，這麼想的我把脖子往反方向移動時，坐在對面的亞魯戈就露出滿意的笑容。

「小亞，這個遊戲中毒者能夠聽得懂的，就只有跟遊戲有關的東西喲。」

「好像是這樣……」

「將來會很辛苦喲～」

「真的……等等，我……我可沒打算一直和他組隊啊！」

「咿嘻嘻嘻……」

雖然一時之間想搞懂兩個人的對話是什麼意思，但是預測就算聽懂了也沒什麼好事的我，就把注意力集中在剩下一半的派上。

現在想起來，這可能是第一次在艾恩葛朗特遇見如此大眾化的番茄起司口味。這個世界的食物基本上味道都很清淡，香料味道則是濃烈，習慣的話就還算是美味，但是對於大部分的店還是有些許——或許應該說是確實的不滿存在。

這種肉醬令人喜好的過度調味以及垃圾食物的感覺，甚至讓我產生了懷念感。可以的話，希望不是這種時髦的派，而是淋在煮軟的大量義大利麵上然後大口地吃將起來……這麼想的我把最後一口塞進嘴裡後就呼出一口長長的氣。

「呼——……不愧是亞魯戈，竟然知道這種好店。」

「很好吃吧。然後也不能說是用來代替情報費啦……」

這時候一瞬間掃視周圍，確認店內沒有其他玩家後，亞魯戈才壓低聲音繼續說道：

「……之前的那個，現在情況怎麼樣了？」

店內只有我們而已，其實說出道具名稱也沒關係，一瞬間差點露出苦笑，但是立刻重新露出嚴肅的表情。關於之前的那個，也就是公會旗，就算再怎麼神經質都不為過。

我也從桌子上探出身體，以隔著門使用竊聽技能也聽不見的音量呢喃：

「對DKB提出跟ALS完全相同的條件了。對方算是接受，只不過……」

「不過什麼？」

「在那之前，還拿出三十萬珂爾要我把旗子賣給他們。」

結果亞魯戈緩緩眨了一下眼睛後，才震動著兩頰的鬍子說：

「呵呵，來這招嗎？真不愧是……」

——迪亞貝爾的後繼者。

亞魯戈沒有把話說得那麼清楚，只是把杯子裡的香草茶一飲而盡。面對露出疑惑表情的亞絲娜，我呢喃了一句「之後會跟妳說明」就回到原本的話題上。

「……所以那個目前是交由我保管。不過如果這樣的話，這一層的魔王戰時就無法使用……因此一致決定尋找是否有捷徑。」

「捷徑嗎……」

雙手抱胸沉吟了一陣子後，情報販子再次咧嘴笑著說：

「第五層魔王戰時前來幫手的圓月輪使不是說過？桐仔建立公會的話『傳說英雄』的成員都會加入。對了，乾脆不要由桐仔，而是由小亞來擔任會長好了，這樣會有許多自願加入的傢伙出現喲。這個辦法如何？」

「咦……咦咦？」

今天上午才說過「我也不願意當公會副會長」的亞絲娜以猛烈速度左右搖頭。長髮髮尾不

停拍打坐在旁邊的我的臉頰。

「別……別開玩笑了！光是要照顧這個傢伙就很累人了，我絕對不當什麼公會會長！」

「什……什麼照顧……」

當我因為出乎意料的流彈飛至而瞪大眼睛，亞魯戈就發出愉快的竊笑聲。

和情報販子在肉餡派店前面分開，我們的腳步就朝著街道邊緣的派伊薩古魯斯別墅前進。

貫穿斯里巴司的河流，是源自聳立在艾恩葛朗特外圍部北端的大支柱所噴出的瀑布，然後流入樓層中央的一座湖泊當中。建築在河川兩岸的細長街道由無數橋梁所連結，幾座橋梁上方還蓋了附有屋頂的建築物，成為所謂的家橋，任務的目的地就是其中一處這樣的地方。

今天早上就在第三層的黑暗精靈野營地進行對人戰特訓，和ＤＫＢ會談之後為了任務而在主街區到處奔波，到了傍晚又離開城市一邊和首次遇見的怪物戰鬥一邊移動到斯里巴司，這時就連亞絲娜都露出有些疲憊的模樣，但是看見目標的橋梁後，她便兩眼發光並大叫著：

「哇啊，好美喔！就像老橋一樣！」

由於好像是在哪邊聽過的名稱，我便回過頭去挖掘逐漸被這個世界的知識覆蓋過去的現實世界記憶並問道：

「嗯，那個……是某位於千葉但自稱東京的主題樂園裡的橋嗎……？」

結果亞絲娜眨了兩次眼睛後才燦爛地笑著說：

「嗯，海洋世界那邊也有喲。不過源頭是架在佛羅倫斯的阿諾河上的一座橋。正品比這座橋大上許多，不過差不多漂亮……」

說到這裡亞絲娜就再次抬頭看著家橋，她身邊的我則暫時陷入沉思。繼第四層之後，這是第二次從暫定搭檔口中出現義大利的都市名稱。這應該不只是從影像上見過，而是實際到現場去參觀過吧。或許有人會說那又怎麼樣，不過綜合容貌、溝通能力、缺乏遊戲知識但是對於其他方面的知識卻相當豐富等因素後，讓人不得不推測在現實世界應該是最高等級的「現實世界生活充實者」的亞絲娜，到底為什麼會在僅僅賣出一萬片——實際上只有九千片的ＳＡＯ開始營運首日就登入，然後被捲入這個死亡遊戲當中呢……

「嘿，快點走吧！從橋上面看河川一定也很漂亮！」

背後被拍了一下，回過神來的我便點了點頭。

「嗯……嗯嗯，說得也是……」

位於橋上的派伊薩古魯斯別墅，從外面看起來雖然漂亮，但是內部已經完全變成廢墟，而且有亞絲娜表示「不是很喜歡對付」——應該說很害怕的幽靈系怪物出沒，但是在我說明之前細劍使就已經大步往前走去。我也只能從後面追了上去。

走在沿岸的路上逐漸靠近橋旁邊時，剛好有三名玩家從通往橋上房屋的石梯上走下來。我們反射性在路樹的後面停下腳步，豎起耳朵來聽他們的對話。

「……那扇門絕對打不開吧……」

「根本是在浪費時間，放棄吧。三位數的話或許還有辦法，但六位數就不可能了！」

「不過那裡面絕對有好東西才對……」

當進行著這種對話的三人組從旁邊經過，在我身邊貼在樹幹上的亞絲娜就側眼看著我。

「……難道又是附有益智遊戲的門？」

「……ＹＥＳ。」

「……明明說只有主街區才有。」

「沒……沒有啦，再來就只有這裡……應該啦。」

最後再加上推估的副詞，我便從路樹後面走了出來。

亞絲娜評為老橋般的橋梁，長度大約是二十五公尺。寬則是六公尺左右吧。一樓的部分是一般的橋梁，兩側的欄杆高高地往上升起，形成無數拱門來支撐二樓的住居部分。看慣從頭到尾都是磚頭房的史塔基翁市街後，確實會覺得此處相當優美。

在一根通常會寫上橋梁名稱，立於第一根欄杆前的粗大柱子——好像是叫作「主柱」——上面設置了短階梯，派伊薩古魯斯作為藏身地的橋上房子就只能從該處進入。看見這種東西就會想爬上去已經是遊戲迷的天性了，心裡這麼想的我快步走上階梯，站到古老的大門前面。
木製但看起來相當堅固的門，表面設置了金屬製的六個數字轉盤。各自刻著從0到9的數字，是現實世界也經常能看見的密碼鎖。
比我先伸出手的亞絲娜在發出「喀哩、喀哩」的聲音數次撥弄轉盤後，才回頭對我說道：
「……至今為止的任務裡面，還沒有人告訴我們數字鎖的號碼吧……？難道說，這個要自己想辦法開鎖嗎？」
「三位數的話還有辦法，六位數要猜的話實在太困難了。組合方式從000000到999999，總共有十萬種……」
「是一百萬種吧。」
「咦？啊……對……對喔。多達百萬種，所以就算不眠不休地一個一個猜也要花上好幾天。嗯，要破限的話，其實正確數字能夠在領主宅邸裡賽龍的房間找到。」
「咦咦？寫在哪裡？」
「掛在牆壁上的風景畫裡面。」
我一這麼回答，亞絲娜就鼓起臉頰說：
「什麼嘛，那在那邊就可以跟我說一聲啦。我只要有心理準備，一定可以注意到。」
「哎呀，我覺得沒辦法喔。按照正規路線，先到這裡來一次，然後『不知道數字啦！』，回到史塔基翁去詢問賽龍他也不肯告訴我們，但是卻做出莫名地想蓋住牆上繪畫的動作，於是就先離開房間，等到賽龍移動後才再次進入房間調查繪畫，整個手續真的非常麻煩……」

「……這倒是真的很煩人。」

亞絲娜暫時像是能夠理解般點了點頭，但是立刻又皺起眉頭。

「但是……怎麼想都覺得很奇怪吧？因為賽龍先生他……」

預測到亞絲娜將會說出這件事情的我，稍微確認了一下後方就打斷她的話。

「到裡面再說吧。不想讓人看見我們打開門了。」

「是是是，了解了……那麼，正確的號碼是？」

「嗯，我記得是……」

原本準備遵照封測時期的記憶來回答，但一瞬間卻冒出冷汗。如果開始正式營運後密碼就經過變更的話，那這個臉就丟大了，我心裡這麼想著，同時畏畏縮縮地念出六個數字。

「……6、2、8、4、9、6。」

「嗯嗯……」

亞絲娜迅速操縱六個轉盤後，就傳出「喀嚓！」一聲明確的開鎖聲。鬆了一口氣的我雖然邁開腳步，但是亞絲娜卻沒有把手伸向門把，只是凝視著自己撥動的轉盤。

「怎麼了？不快點打開的話又會鎖上喔。」

「啊……嗯……嗯。只是覺得好像在哪裡看過這組數字。我可能在無意識中注意到那幅畫了吧……」

亞絲娜以曖昧的口氣這麼說著，同時伸手將門打開。內部是一片黑暗，冰冷潮濕的空氣往外流出。或許是感覺到不妙的氣氛了吧，我穩穩抓住慢慢往後退的細劍使雙肩，再次讓她往前走。

我們進到裡面後，背後的門就擅自關上。抓著某種東西的金屬聲其實是轉盤的數字重新洗牌的聲音，但是亞絲娜在我雙手底下的肩膀卻為之一震。

「……喂，裡面很暗耶。」

「因為是晚上啊。」

「……這樣沒辦法探索吧？明天早上再來會不會比較好？」

「別擔心別擔心。」

我用右手迅速打開視窗，從道具欄的第一頁將常備的道具實體化。

「油～燈～」

為了讓氣氛開朗一點而嘗試了不擅長的聲音模仿，但是回頭的亞絲娜只是惡狠狠地瞪了我一眼。乾咳了一聲並點亮油燈，橘色光芒就擴展開來照亮周圍。

只能說不愧是史塔基翁上任領主的別墅，從玄關門廳就相當寬敞。由於建立在橋上，構造上必然會是細長的隔間，沿著左側牆壁延伸出去的走廊也設置了充足的空間，讓人完全沒有壓迫感。

但是天花板的角落卻結滿蜘蛛絲，地板上也散亂著破碎的食器與紙屑，強烈地顯示出這裡是廢墟。亞絲娜以「跟我想的不一樣」的表情環視周圍，最後把臉朝向我並說：

「……那麼，關於剛才的話題……」

「剛才聊到什麼……噢，是賽龍嗎？」

「沒錯，那個人做的事情也太奇怪了吧？自己把派伊薩古魯斯先生打死，然後把屍體偽裝成旅人埋在後院，為什麼事到如今還要我們來調查這個事件呢？」

「NONO，賽龍委託我們的不是調查誰殺了旅人，而是搜尋被當成凶器的黃金魔術方塊喲。」

「啊，對喔……」

刻畫在亞絲娜眉尖的小山谷一瞬間消失，但立刻又重新出現。

「不對，就算是這樣也很奇怪。以黃金魔術方塊撲殺派伊薩古魯斯先生的就是賽龍本人吧？這樣藏起凶器的不就也是賽龍？」

「嗯，關於這部分的事情，任務接近尾聲時就會被揭露出來……唉，算了。賽龍一時氣憤而用黃金魔術方塊把派伊薩古魯斯先生打死之後，為了隱瞞事實而創造了殺害虛構旅人的故事，原本以為順利騙過眾人了，卻發現凶器黃金魔術方塊從殺人現場消失了。而且上面還確實印著賽龍沾血的手印。然後那個方塊是用來決定建造史塔基翁的石頭與木頭磚塊的大小，不但是這個城市重要的寶物，也是領主的證明。賽龍認為，要淨化蔓延在史塔基翁的益智遊戲詛咒，一定得找到消失在某處的方塊，消除自己的手印並且供奉在旅人……實際上是派伊薩古魯斯的墓前。」

「…………總覺得……不知道該說是超級任性，還是想法太過天真。真的想解開益智遊戲詛咒的話，不應該找什麼黃金魔術方塊，而是要告白是自己殺了派伊薩古魯斯先生，然後去向警察自首吧？」

「嗯，是這樣沒錯啦。不過艾恩葛朗特沒有警察。」

雖然對我的吐嘈發出「啊，對喔」的呢喃，但亞絲娜的憤慨還是沒有消失。列舉了可以向街上的衛兵、黑暗精靈的碉堡，最後甚至是第一層起始的城鎮的黑鐵宮自首後，亞絲娜才終於收起矛頭……

「……然後呢？」

她看向我的臉這麼問道。

「……什麼然後呢？」

「還用說嗎，到底是誰偷走黃金魔術方塊？不會是自己長出手腳逃走了吧…………啊！」

「啊什麼……有答案了嗎？」

「難道真的是這樣？你之前說這一層的魔王是長了手腳般的魔術方塊，那不會就是黃金魔術方塊怪物化後變成的吧？」

這次輪到我感到啞然了。我對細劍使的想像力感到佩服，同時左右搖著頭。

「很可惜，事情並非如此。等等，也不會可惜……如果方塊魔王全身都是金色，那就不知道該轉哪裡才會湊齊顏色。好了，回到原本的話題……其實我們已經見過把方塊帶走的人了。」

「咦咦咦？」

亞絲娜再次繃起臉，視線游移了一陣子才繼續說：

「你的意思是說……在史塔基翁訪談過的七個人之一吧？十年前的管家、女傭、園丁、廚師、兩名弟子、進出於宅邸的酒商……這裡面有人偷偷藏著黃金魔術方塊？那是誰啊？」

「這點小事妳就自己調查一下吧。我們就是來這裡尋找這件事情的線索。」

我一咧嘴笑著這麼說，亞絲娜就噘起嘴唇點了點頭。

「那我們立刻開始吧。桐人知道線索放在哪個房間吧？」

「很可惜的是，從哪個房間湧出關鍵道具是隨機的喔。」

「……也就是說，要從前面的房間一間一間查起吧。」

細劍使這麼說著就從玄關門廳大步往前走，我則是對她的背部丟出追加的情報。

「啊，房間裡會出現一些幽靈，別忘了做好戰鬥準備。」

「是是是，了解……」

快步行走然後瞬間停止。

停止步行的亞絲娜，以宛如瞬間移動般的速度繞到我背後並抓住我的雙肩。我就在無法掙扎的力道下被推著朝第一個房間走去。

幸好跟封測時一樣，屋內的房門上沒有設置數字鎖。靜靜推開房門後，房間內部比走廊還暗，即使高舉起油燈光線還是無法抵達角落。

「……幽靈出來了嗎？」

身後細微的聲音這麼問道，雖然一瞬間萌生想惡作劇的想法，但這種狀況下開玩笑的話，對方很可能直接解除搭檔關係，所以我便改變想法老實地回答：

「這個房間好像沒有。」

「別說好像，肯定一點！」

「是是是，這裡沒有。」

經過這樣的對話後才終於離開我背後的亞絲娜，先以若無其事的表情環視室內，然後繃起臉來說：

「嗚哇……裡面也太慘了吧……」

我完全沒有異議。這裡原本應該是接待室吧，八張榻榻米大小的房間中央放了豪華沙發組，深處的牆壁上可以看見巨大暖爐。但除此之外的家具已經在這十年裡崩壞，地板上的地毯也被蟲咬得破爛不堪。

亞絲娜靠近好不容易保持著形狀的邊桌，以指尖擦了一下積著灰塵的表面，然後再次繃起臉來。

「原本應該是高級家具吧，但變成這樣的話就沒救了……」

「拜託ＮＰＣ木工師傅說不定可以修理喔。」

「咦，可以這樣嗎？ＮＰＣ家裡的物體應該都不能移動吧？」

「原則上是這樣沒錯。但是這種作為『圈內迷宮』的地點，也有很多位置沒有鎖住的家具……」

邊說明邊移動到亞絲娜身邊的我，雙手抓住了邊桌。靜靜將其抬起後，四隻桌腳很簡單就離開地板。

「看吧？」

「真的耶……嗯——但就算可以修理，也不會想使用放在這種地方的家具耶。說起來根本就不知道什麼時候才能擁有自己的房間。」

「確實是這樣。」

我點點頭並把桌子放回地板上。但是這輕微的衝擊似乎把原本就快歸零的耐久度耗盡，桌子立刻崩壞變成了木材堆成的山。

「啊，弄壞了～你糟糕了～」

亞絲娜像個小學生般這麼說道，同時露出滿足的笑容把手放在沙發的椅背上。下一個瞬間，換成龐大的三人座沙發椅腳輕脆地折斷，接著座面與靠背也斷成兩截。

「喔～我要跟老師說～」

以小學生時期不記得自己這麼說過的台詞回答之後，亞絲娜就用鼻子發出哼一聲，然後以左拳用力地鑽著我的側腹部。這種直接攻擊就沒辦法加以回擊，我只能體驗著這種不合理並且朝著門走去。

「這裡好像沒什麼。到下個地方去吧。」

「是沒關係啦，不過我們在找什麼？」

「和黃金魔術方塊下落有關的某種東西。」

「所以說某種東西究竟是什麼……算了——如果是任務的關鍵道具，應該是一看就能知道了吧。」

「如果是這樣就好了……」

做出讓人有所期待的答案後，我就來到走廊上。稍微瞄了一下玄關的門，看來我們在接待室期間，門沒有被人打開過的樣子。看向同一個方向的亞絲娜，像是注意到什麼般歪著頭說：

「喂……如果我們在這裡的期間，有人解開密碼鎖的話會怎麼樣？」

「這裡不是暫時性地圖。當然，解開的人就會進來喔。」

「……那麼，那個人要是比我們早發現關鍵道具的話呢？」

「這樣的道具當然會確實鎖住，無法移動也無法加以破壞，不然就是有無限的數量可以拿取……吧。不過後者的話需要一段時間才會再湧出，得花三十分鐘到一個小時才會復活，有時候甚至還得等到一天呢……」

「那就快點找出來然後到外面去吧。好了，下一間！」

再次被亞絲娜推著背部走了幾公尺，然後打開新的門。

接待室隔壁是寬敞的餐廳。巨大的飯桌與椅子依然健在，但是桌上整齊地擺著十人份左右的空盤與西式餐具總讓人覺得不舒服。葡萄酒瓶與燭臺都因為蒙塵而變成灰色，天花板上的水晶燈也有蜘蛛網下垂。

整整貼在我背後五秒鐘左右，確認沒有幽靈的亞絲娜才來到我身邊，以若無其事的模樣表示：

「那些葡萄酒和食器也能移動嗎？」

「應該吧。要拿回去喝喝看嗎？」

「不用了。倒是這裡看起來也不像有關鍵道具耶……」

如此呢喃著的細劍使朝著餐桌走去的那個時候。

就傳出「咻喔喔喔喔……」這種在第五層地下禮拜堂聽見過的寒風般叫聲，然後從桌子下面露出朦朧的藍白色光芒。穿越有些骯髒的桌巾出現的是兩隻靈魂系怪物——有著細長身形，穿著破爛白色禮服的鬼魂類敵人。這種類型的怪物其他還有亡靈、幽靈、妖精、惡靈等等，老實說我也搞不懂它們之間的差異。

雖然不像第五層那樣發出悲鳴，亞絲娜還是當場跳起三十公分以上，並且在空中奔跑——因為速度太快，在我眼裡看起來是這樣——再次衝到我的背後。

「出……出現了！快點想辦法把它們解決掉！」

雖然在搭檔的命令下拔出背後的日暮之劍＋3，但是沒有立刻發動攻擊，而是一邊以劍尖牽制鬼魂一邊說道：

「亞絲娜，可以的話還是在這裡累積跟靈魂系怪物戰鬥的經驗比較好喔。」

「但……但是……」

「別擔心，妳可能忘記了，不過這裡是圈內。不論受到什麼攻擊，我們的ＨＰ都不會有任何減少。」

——不是這個問題吧。

雖然從身後聽見帶著這種意思的嘆息聲，不過亞絲娜應該自己也有這樣的想法吧，只見她默默從我的左肩後面露出臉來，先縮回去一次後身體就慢慢地往旁邊移動。左手依然舉著油燈的她已經從腰間拔出騎士細劍＋7，把劍尖朝向盤據在桌子上方的鬼魂。

我再次注視著兩隻幽靈，讓它們的顏色浮標出現。表示在ＨＰ條下面的名字是「Annoying Wraith」，浮標的顏色是相當淡的粉紅色，所以就算這裡不是圈外，它們也不是什麼強敵。

「……『Annoying Wraith』，首次遇見的怪物呢。」

面對以略微沙啞的聲音如此呢喃的亞絲娜，我刻意以悠閒的口氣問道：

「Annoying是什麼意思？」

「惱人的，之類的吧……」

「原來如此，很像是事件怪物會有的名字。正如我剛才所說，因為在圈內，所以我們的ＨＰ完全不會減少。但是除此之外就跟普通的鬼魂系一樣，攻擊擊中手腳或禮服這種末端也幾乎沒有效果，還有遭到攻擊的話會出現異常狀態喔。」

「等等……這我可沒有聽說！」

或許是對亞絲娜這樣的叫聲產生反應了吧，兩隻鬼魂發出「咻喔喔喔！」的尖銳叫聲，攤開雙手襲擊了過來。

人類型靈魂系怪物可以分為男性型、女性型以及性別不明型，感覺鬼魂大多是女性。不過這種惱人鬼魂完全與美麗扯不上邊，從破爛白禮服伸出的雙臂像骨頭一樣細，臉孔有七成是骸骨。鬼魂的眼窩裡燃燒著藍色鬼火，試圖以銳利指甲抓人，躲開它的首波攻擊後，武器就對著它的胴體橫掃過去。雖然從深深砍入的部位飛散出白煙般的氣體，但是感覺傷害不大，HP條果然也只減少了一成左右。

即使如此，鬼魂還是丟出尖銳叫聲，然後飛向餐廳角落。我一邊把劍朝向該處一邊確認亞絲娜的情況。

「這臭傢伙、呼唔、咻哇啊！」

細劍使發出不輸給鬼魂的怪聲，同時持續使出令人眼花撩亂的突刺技，似乎就連靈魂系怪物都無法突破她的彈幕。劍尖雖然經常劃過呈8字形飛翔的鬼魂手臂，但是卻沒讓它損失太多HP。

靈魂系的實體本來就很淡，所以武器很難給予有效的傷害。其他遊戲的話就會使用火屬性或者光屬性的攻擊咒文，但很可惜的是艾恩葛朗特因為古老的「大地切斷」而失去了真正的魔法，所以只能夠想盡辦法以物理攻擊來毆打它們。

最一般的方法是在武器上施加支援效果「祝福」，但目前只有大城市的教會才能進行，當然還得花錢。再來就是使用對靈魂系性能較高的劍技（不知道為什麼以錘矛與連枷居多）、攜帶大量照明道具（亮度充足的地點能夠弱化靈魂系的抵抗值）等方法，但是對用劍的兩人組合來說，這些方法的門檻都太高了。

幸好亞絲娜的騎士細劍和我的日暮之劍都是精靈鍛造的武器，所以具備輕微的不死系特攻效果，如果是能力值較低的事件怪物，光靠它們應該也可以戰鬥。為了先把對我發動攻擊的鬼魂收拾掉而伸出油燈並縮短距離。如果是持盾或者使用雙手武器，這種時候就只能把照明放在附近來戰鬥，如果一隻手空著的話，就能做到像我這樣的戰鬥方式。真要說的話，還是多少有些攻擊力而且不會成為異常裝備狀態的火把比較適合拿來當成戰鬥時的照明——面對害怕火焰的靈魂系就更不用說了——但是在屋內揮舞火把可能會有不小心燒掉可破壞物體的危險性。

被油燈黃光照耀著的惱人鬼魂，一邊發出尖銳叫聲一邊刁鑽地往右逃。但是我察覺到它的行動時，就在敵人進入攻擊範圍的瞬間施放三連擊劍技「銳爪」。

現在我能夠使用的最強劍技，是熟練度150後解鎖的四連擊「水平方陣斬」以及「垂直四方斬」，但是這兩招的攻擊範圍太廣，很難在房間內施展。緊要關頭可能會誤擊牆壁或者家具，由於這裡是算是禁止犯罪指令圈內，所以劍技要是擊中無法破壞的物體，劍就會被系統障壁反彈回來，連擊可能就因此而中斷。

相對地銳爪只是連續使出三次同一動作的上段斬，屬於小巧的招式。帶著銀色特效光的劍尖沒有勾到牆壁或者天花板，像是被惱人鬼魂的胴體吸進去般命中目標。

第一擊、第二擊將其HP條減少到剩下三成左右，不過看來是無法將其完全歸零……在這種感覺下揮出第三擊的時候——

日暮之劍的劍尖像是被磁力吸引一樣，軌道出現些許誤差。切開鬼魂的肩口正確地通過胸口中央然後從側腹部穿出。我的手掌隨即殘留著最初兩擊所沒有的，粉碎某種又小又硬物體時的感觸。

結果超乎我的預測，鬼魂的HP條在變成紅色後依然持續減少，最後完全歸零。殘留在空中的猛獸爪痕般的三條斬擊特效光，就和只有這個跟其他怪物沒有兩樣的藍色破碎特效重疊在一起。

我就在劍勢去盡的狀態下凝視著我第二代愛劍的劍身。

剛才感覺到的磁力，絕對是強化準度的武器所擁有的瞄準補正系統輔助。原本以為只有刻意瞄準弱點時才會發動，但是我完全不知道鬼魂系怪物胸口中央有疑似弱點的塊狀物，所以日暮之劍就是靠著自己的意志來砍斷惱人鬼魂的弱點。

「……是這樣嗎？」

雖然忍不住小聲這麼問道，但是劍當然不會回答我。

反而從後方傳來搭檔的悲鳴。

「嗚咿咿咿咿——————！」

似乎是表現厭惡與焦躁的聲音讓我急忙回過頭去，就看見細劍使正在餐廳另外一邊發動劍技。那是她現在能夠使出的最強招式，三連擊「三角刺擊」。

加上名劍騎士細劍＋7的威力後，如果能完全命中目標的話，甚至可以讓我的HP減半的大技，以眼睛看不見的速度貫穿了鬼魂。但是發動之前敵人就輕飄飄往上浮起，所以只擊中下半身的裙子部分。靈氣感十足的白煙飛散，但是HP條只減少到剩下三成左右。

「喝喝喝喔喔喔喔……」

發出像是悲鳴也像是嘲笑聲的鬼魂，以細長雙手撫摸技後硬直中的亞絲娜。因為是事件怪物所以沒有造成任何傷害，但是亞絲娜的HP條上卻亮起畫著蒼白手的圖示。那是體感溫度下降，身體受到極度寒冷襲擊的異常狀態「惡寒」。

「呼呀！」

再次發出厭惡聲音的亞絲娜，解除硬直的同時就大步往後飛退。即使繼續堅強地舉著劍，身體還是開始發抖。惡寒雖然沒有實質上的傷害，但是戰鬥中要是打噴嚏的話就無法躲過敵人的攻擊，所以還算是棘手的異常狀態。

我急忙趕過去，從後面對著她大叫：

「亞絲娜，我來幫……」

「不用了！」

不讓我把話說完，細劍使就堅定地拒絕我的幫助。但是立刻就又對我提出其他的要求。

「不過給我一點提示吧！這傢伙的ＨＰ完全沒有減少！」

「啊……因為細劍的突刺技最不適合對付靈魂系怪物了……」

雖說應該不是理解我所說的話，但往上飛到天花板附近的惱人鬼魂再次發出嘲笑的聲音。

「亞絲娜，妳學會斬擊系的劍技了嗎？」

聽見問題後，搭檔就以僵硬的聲音——應該不是生氣，而是忍耐著虛擬寒氣——回答我。

「剛好前陣子熟練度到達１５０，可以使用名為『葉形線』的劍技了。」

「啊～那個應該有用。好吧，接下來鬼魂接近的時候，就對準它的胸口正中央使出葉形線。」

「正……正中央是哪裡？」

聽見對方如此反問，我一瞬間為之語塞。如果是狗頭人或者爬蟲人這樣的對手，就能回答「心臟的地方」，但是包含玩家在內的人類種之心臟〈以此為名的會心一擊弱點〉是位於正中線稍微偏左處。但是鬼魂胸口讓我產生些許手感的小塊狀物真正是在中央，因此我也只能回答「正中央」了。

「呃……」

把劍放回背後並迅速環視周圍，然後從餐桌上撿起滿是灰塵的餐刀。因為幾乎沒有作為武器的性能，我也沒有「飛劍」技能，所以幾乎無法給予傷害——

「嘿咿！」

集中精神瞄準並投出的餐刀，命中持續左右移動的鬼魂胸口中央，也就是應該有小小塊狀物的地方，讓它的ＨＰ條減少一丁點後就掉到地上。白色破爛禮服上，閃爍了數秒鐘紅色傷害特效。

「就是那裡！」

當我這麼大叫時，亞絲娜已經朝地板踢去。對她的動作產生反應，鬼魂也從靠近天花板的地方降下來。

在剛才的攻防裡，應該學會了惱人鬼魂的「打空氣」迴避模式吧，亞絲娜就把細劍擺在左腰，讓敵人接近到最近處。當有一半變成白骨的雙臂再次準備觸碰亞絲娜身體的剎那，就迸發出萊姆綠的特效光。

劍技「葉形線」是在細劍種類裡相當稀少的斬擊技，軌道算是有些奇特。從左腰劃出弧形後往上斬，在頂點呈銳角反轉後往右下方——類似〈ℓ〉記號的線，應該是設定為反彈敵人攻擊後加以反擊的情況，並不適用於瞄準一點時。

我原本是這麼認為。

「嘿呀啊！」

隨著勇猛喊叫聲閃動的騎士細劍，從鬼魂右側腹進入的曲線頂點漂亮地捕捉到我標示的紅點，反轉之後從左側腹穿出來。應該是成為弱點的小塊狀物被粉碎了吧，還剩下三成的ＨＰ條一口氣減少到左端，惱人鬼魂就在刺耳的悲鳴下化為碎片四散。

我從背後走向默默撐起身體，把細劍收到劍鞘裡頭的搭檔。

「嘿，好精準的控制。剛才準度的補正發揮功效了嗎？還是……」

「哈啾！」

做出這樣的回答，不對，應該說打著噴嚏並回過頭來的亞絲娜，一把細劍收回劍鞘裡就用雙臂抱住自己的身體，以蒼白的臉訴說著：

「……好……好冷喔。」

「因為妳中了惡寒啊……我記得五分鐘左右就會解除，只好咬緊牙關……」

「哈啾！」

「忍耐一下」這幾個字直接被第二聲噴嚏掩蓋過去。看見她臉色蒼白且不停發抖的樣子，就算知道沒有實際傷害也會產生一些憐憫之心。

封測接近尾聲時，曾經取得一些能瞬間解除包含惡寒等諸多異常狀態的「淨化水晶」，但是水晶道具在這個第六層附近還是非常偶爾才會掉落的寶物，目前也沒有任何庫存。要說到除此之外的手段，就只能採取對應各種異常狀態的方法了——比如中毒就喝解毒藥水，受到詛咒就到教會去解咒。

當然惡寒也有專用的解除方法，最簡單的是用火來取暖，但是油燈或者火把的熱量不足。想到這裡後，才注意到原來前一個房間裡有暖爐，就是為了讓人在那裡生火來消除惡寒的配置，但老實說那真的有點，不對，應該說相當麻煩。

因此我就為了嘗試另一個讓人有點害羞但是很簡單的解除方法而打開視窗。從道具欄裡將野營用的厚重毛毯實體化，然後像披風一樣用雙手把它罩在背部。為了覆蓋羞恥心，只能一邊想著「長毛牛的毛毯果然很重」、「希望能早點獲得加了羽毛的床墊」、「但是那一定很貴」，然後一邊靠近亞絲娜，說了聲「失禮了」後就把眨著眼睛的細劍使拉過來，用毛毯包裹住我們兩個人。

下一個瞬間，手臂中的身體就僵硬地跟木棒一樣，耳邊則響起尖銳的沙啞聲音。

「喂……喂喂，你做什麼……哈啾！」

「這是解除惡寒最快的方法了。再忍耐個二十秒左右吧。」

如此宣告的我，也因為像冰一樣的寒氣傳遞到身體上而感到鼻子一陣發癢。這種寒氣只不過是NERvGear所產生的虛假皮膚感覺，現實世界的真正身體應該正躺在體溫濕度受到控制的病房裡才對，那麼我們在這裡打噴嚏的時候，真正的身體也會打噴嚏嗎——

「我……我說啊，就算是為了解除異常狀態，這種情形要是被人看見一定會產生奇怪的誤

「呼哇啊……」

當亞絲娜的語尾變得奇怪的同時，傳到我這邊的寒氣也像是在作夢一樣消失了。我已經有過這種經驗，所以知道惡寒解除時全身慢慢變溫暖的感覺，就像是將寒冬中在脫衣處變得冰冷的身體浸到全是熱水的浴池裡一樣，所以發出奇妙的聲音也是沒辦法的事。

亞絲娜有好一陣子都以茫然的表情處於脫力狀態，最後才回過神來不停高速眨著眼睛，然後縮頭來脫離我的手臂。

「那個，剛才的事情，那個…………」

接著數次開合嘴巴後就迅速把頭別開。

「……嗯……嗯，很感謝你幫忙消除了異常狀態。不過，下次記得要事先說明！」

「沒有啦～剛才的方法呢，先說明過之後會更加害羞……」

我一邊這麼回答一邊把牛毛毯收回道具欄裡，這時候亞絲娜竟然丟了一顆出乎意料的球過來。

「口氣聽起來似乎是很有經驗嘛。」

「咦？這……這個嘛，因為封測的時候就經歷過，所以才會知道……不過話先說在前面，對方是個體毛比大叔軍團的渥爾夫岡多出兩倍的肌肉男啊。」

「……有點想看又不太想看的光景。」

露出微妙的笑容並這麼說完後，似乎終於不再生氣的細劍使再次環視起大餐廳。依序檢查桌上以及掛在牆壁上的畫，但還是無法發現關鍵道具。

「這樣跟幽靈戰鬥也沒意義了吧。」

「任務不就是這樣嗎……」

用跟平常一樣的態度進行對話並離開餐廳，然後朝下一個房間前進。

調查廚房、書齋、寢室期間又打倒四隻惱人鬼魂，即使如此還是在無法發現關鍵道具的情況下，來到了最後的門前面。握住門把的亞絲娜，保持這樣的狀態側眼看著我。

「桐人啊，你該不會早就知道剛才那五個房間裡找不到任何東西吧。」

「不……不不，怎麼可能呢。一開始就說過了，封測時道具是隨機湧現在六個房間其中之一……這次一定也是一樣。」

「怎麼口氣聽起來像ＮＰＣ一樣。」

說出奇怪的抱怨後亞絲娜就打開房門。下一刻就有一股霉味刺激著鼻子。

話說回來，最後的房間是倉庫呢，這麼想的我跟著亞絲娜入內，接著舉起油燈。這裡是六個房間裡最狹窄的一間，裡頭排滿木製架子，然後到處雜亂地放著木箱與壺等物品。

「嗚咿咿……必須把它們全都打開來找嗎？」

「這我也不太能接受……」

嘴裡這麼抱怨著，同時穿越配置地像迷宮一樣的架子列來到房間深處。結果盡頭的牆壁邊有一張小小的書桌，靜靜地……或者可以說另有深意般放置在上面的東西反射油燈光芒後發出低調的亮光。

覆蓋了十年份灰塵的鑰匙。

「啊，那就是關鍵道具吧！」

亞絲娜隨著興奮的聲音往桌子跑去。我急忙想抓住她的肩膀，但是伸出去的手卻撲了個空。

「亞絲娜，腳邊！」

剛這麼叫完，細劍使的靴子就採到某樣東西，傳出「啵嘰啵嘰」的清脆聲音。搖晃的油燈光線照耀出看起來年代久遠，已經褪色而變白的人骨。

當亞絲娜以不自然的姿勢僵在現場時，像是滲出來一樣從她正面桌子後方的牆壁裡出現廢墟探索任務的魔王怪物，亡靈的恐怖身影。

和剛才打倒的鬼魂不一樣，外表看來是男性，專有名稱是「Resentful Wraith」。發音應該是類似「利贊特佛爾·雷伊斯」吧，但是我的英文單字能力還是無法了解是什麼意思。

腐朽的瘦削身軀上罩著古代羅馬長袍般破布的亡靈，高高舉起長到異常的指甲，從下顎脫臼般大大張開的嘴裡迸發出怪聲。

「嗶唷哦哦哦哦！」

我的右手朝背後的劍伸去，同時想著「不太妙啊」。

當然這種憤怒亡靈也無法損及我們的ＨＰ，但是能夠賦予各種異常狀態，全部中獎的話就得花勞力和時間來解除。就算這也不是什麼大問題，但是亞絲娜好不容易才在惱人鬼魂的戰鬥中稍微消除一些對靈魂系怪物的恐懼心，現在很可能會前功盡棄。但是被左邊石牆與右邊木架夾在中間的通道只有一公尺多，不要說切換了，就連要揮劍都有困難。

「亞絲娜，先到走廊上去吧！」

這麼叫著的我，準備再次拉回搭檔的肩膀。但是在我的手碰到她之前，想不到她竟然發出頗為堅定的聲音。

「桐人，破壞地板上的骨頭沒關係吧？」

「呃……沒關係，那只不過是用來嚇唬人的。」

「了解！」

她尖銳地叫了一聲，就把腳底下的骨頭踢開來確保立足點，然後拔出左腰上的細劍。以幾乎看不見劍尖的速度對著衝過來的憤怒亡靈使出刺擊技五連擊。每一擊都是瞄準胸口中心，到第四擊為止都無法給予敵人太大的傷害，只有第五擊整整削掉一成半的ＨＰ條。那是因為精靈製的劍刃，擦過應該和惱人鬼魂位於同樣位置的弱點，也就是微小塊狀物的緣故。

「嗶呀啊啊啊啊啊！」

發出怒吼的亡靈上升到天花板附近。在該處開始８字形軌道的幻惑行動，但是此處和餐廳不同，因為空間受到限制，所以無法大動作左右移動。這樣的話，就能使出等它降落再用細劍的突刺技來瞄準並逐漸削除其ＨＰ的戰法……當我要放下心來的瞬間。

「不想再跟幽靈戰鬥啦！」

這麼大叫的亞絲娜，以要踢飛關鍵道具的去勢跳上書桌，把它當成踏台來高高跳上天空。在拋物線頂點瞄準目標，發動了劍技「流星」。

劍尖迸發出的銀色特效光先是覆蓋劍身，最後擴及持劍者的身體，產生了目不可視的推力。亞絲娜手中細劍隨著帶有閃亮感的ＳＥ一起朝天花板突進，確實捕捉到亡靈的胸口，把半透明的身體開了個大洞。

——原來如此，突進技的話，細劍的劍技就能以面來擊潰細微的弱點。

帶著佩服的心情往上看的我，視線前方的憤怒亡靈就撒出僵硬的不協調音並消失……接著騎士細劍的劍尖就撞上天花板，造成紫色特效光。

劍技的空中發動，是能夠實現所謂兩段式跳躍這種動作的便利高級技巧，但也會出現使用者意料之外的飛行距離，結果因為跌落而受傷，或者猛烈撞上障礙物後因為衝擊而受傷的情形。由於這裡是圈內，所以撞上牆壁或天花板ＨＰ也不會減少，但是茫然望著對方跌落也有違搭檔的道義。

因此我就往前走出兩步，預測被程式碼障壁彈回來的亞絲娜會掉落的位置並伸出雙臂。雖然對於筋力值與擁抱技能熟練度都沒有自信，但總算是成功側抱住她，一往她的臉看去，就發現深栗色雙眼眨了一眨。

還以為是因為衝擊而陷入輕微暈眩狀態，結果並非如此，亞絲娜數次開合嘴巴後才輕聲說了句「……謝謝」。

「不客氣。」

回答完就讓她站到地板上。兩個人不知道為什麼同時開始深呼吸。雖然遇到許多狀況，但是廢墟探險總算是告一段落了。

「既然打倒了魔王，鑰匙就由亞絲娜去撿吧。」

如此建議之後，細劍使就點頭準備朝著書桌走去，但是又停下腳步往下看著自己剛才踢散的人骨，轉頭對著我問道：

「……喂，這些骨頭不是派伊薩古魯斯先生的吧？」

「咦？噢……當然不是了。派伊薩古魯斯是在史塔基翁的領主宅邸被弟子賽龍殺害，屍體也埋在後院裡。」

「那這又是誰的骨頭？」

「嗯……」

因為把殺害派伊薩古魯斯的真相說出來，所以煩惱了一陣子該如何說明變得複雜的情況，最後才開口說：

「……我們直接跳過了一些順序，剛才跟妳說過調查玄關密碼鎖號碼的正規路線了吧？」

「啊，是什麼呢……我記得是要回去史塔基翁，調查領主房間的畫吧？」

「對對對。然後之所以會知道那幅畫是線索，其實是因為賽龍想把它蓋起來的關係……如此一來，就表示賽龍知道圖畫裡面畫了密碼鎖的數字吧。」

「啊，對喔……但是──這樣不是很奇怪嗎？知道解鎖號碼的話，賽龍先生自己來調查這裡不就得了。這樣就能立刻發現這把鑰匙了吧？然後這把鑰匙應該是藏黃金魔術方塊之處的鑰匙吧？」

對亞絲娜的理解力與預測力感到瞠目結舌的我用力點點頭。

「正是如此。然後之所以沒有使用，是因為賽龍雖然知道數字，但是不清楚要用在什麼地方。妳看，是最後在史塔基翁訪談過的那個出入於宅邸的酒商，才知道這裡是派伊薩古魯斯的別墅吧？派伊薩古魯斯沒有對包含賽龍在內的弟子與傭人表明這棟房子的存在。」

「……為什麼？」

「看過書齋裡的書就會知道喔。」

「咦……」

亞絲娜立刻露出厭惡的表情。

不只是ＳＡＯ，作為奇幻系ＲＰＧ屋內裝飾品的「書本」是相當重要的要素。因為家裡面應該要有書架，而書架上當然要放書。

但是書這種東西也是會讓程式設計師想哭的物件。和同為裝潢的家具與食器不同，書必須要有內容。存在於地圖內的書本數量太過龐大，以工數上來說，實在不可能記述每一本書的內容。因此幾乎所有的遊戲不是無法從書架上把書拿下來，就是只能拿下少數幾本，而且書的內容也僅僅只有幾頁——這就是常見的情形。

但是ＳＡＯ，應該說是茅場晶彥的堅持吧，總之就是果敢地挑戰了這個限制，基本上存在於這個世界的所有書本都可以從書架上拿下來，而且每一頁都印了文字。但是實在無法從頭創造出全新的內容，所以幾乎所有的書都是二〇二四年這個時間點著作權已經過期成為公有文化財產的各國原文古典文學作品，對於大多數玩家來說，就算能看見內容，想要閱讀的門檻實在太高了。雖然聽說裡面也有日文作品，但是我尚未看見過實物。

仔細一想就會覺得，有精靈和矮人存在的異世界艾恩葛朗特，書架上竟然會放著現實世界的小說真是很奇妙的一件事，但抱怨這一點的話ＮＰＣ們就不能再說日文了吧。

總之就是這樣，這個世界的書本雖然能夠拿起來打開，但是內容都是會讓亞絲娜發出

「咦……」聲音的東西。

「……我已經把一輩子能看到的西里爾字母和阿拉伯字母都看光了。」

「別擔心，那是希臘文……抱歉，開玩笑的。」

對著把臉繃得更緊的亞絲娜道歉並繼續說明：

「書齋的書大部分都是平常的那種文學名著，不過裡面還混雜了幾本益智遊戲的解說書。也就是益智遊戲王派伊薩古魯斯把記錄著每一代領主傳下來，以及自創益智遊戲的書本，放在這棟祕密的別墅裡保管。不過就算我們看了也是摸不著頭腦就是了。」

「原來如此……雖然這樣像是在說死者的壞話，不過這麼做真的有點小氣。不要一個人獨占，直接分享給弟子們閱讀的話，或許就不會被殺掉了。」

亞絲娜輕輕搖頭之後，才把視線移到地面的人骨上。

「……那麼，這些究竟是誰的骨頭？」

「賽龍的手下。像我們一樣從酒商那裡問出別墅的事情並來到這裡，利用從塞龍那裡聽見的開鎖密碼進到裡面……但是在跟雇主報告之前，就遭到鬼魂的毒手。」

「咦，我還以為是在這裡死掉的人變成剛才的鬼魂呢。」

「這樣的話，其他房間裡面的惱人鬼魂也應該有骨頭留下來吧？艾恩葛朗特裡面，好像房子變成廢墟就會自動湧出幽靈喔。」

「…………我將來要是買了玩家房間，一定會每天打掃。桐人你也不能夠弄亂喔。」

「是是是……」

隨口回答完，我便發出「唔唔？」的聲音並皺起眉頭。剛才的命令是在預設什麼樣的情況下所做出的呢？亞絲娜以納悶的表情看著陷入沉思的我，最後可能是再次驗證過自己的發言吧，只見她雪白的肌膚立刻泛紅。

「不是的！」

「啥……啥啊？」

當我因為她突然的大叫感到啞然時，亞絲娜就一把抓住我的左肩。

「不是的！不是你想的那樣！」

「好……好的。」

雖然搞不太懂是怎麼回事，但是被人從至近距離下以宛如雷射的視線瞪著，我也只能高速點頭而已吧。最後從鼻子排氣發出「哼」一聲的亞絲娜，把手從我的肩膀移開後就迅速轉身，朝著書桌的方向走去。一把抓住桌上的鑰匙快步走回來。

「這就是關鍵道具吧？」

我確認視界左側的任務記錄完成更新，同時點頭回答了一聲「嗯」。

「那麼，要用這個開哪裡的門呢？」

「誰知道。」

「什麼叫誰知道……」

「只有拿出黃金魔術方塊，並且把它藏起來，再把鑰匙放到這個桌子上的人才知道了。」

「……也就是說，必須找出那個人才行吧……」

亞絲娜雖然一瞬間露出無力的表情，但是立刻又稍微提振起精神，動手打開視窗。把鑰匙收納到道具欄，順便確認了時間。

「嗚哇，已經過九點了。剩下來的明天再繼續吧。」

「說得也是……雖然很想這麼說啦……」

我考慮著要爆料到什麼程度，慎重地繼續說下去。

「……嗯，我想接下來會發生讓人有點驚訝的事情，大前提是不會危害到性命……也就是說ＨＰ完全不會減少，冷靜地對應就可以了。」

「啥……啥啊？那是什麼意思……會發生什麼事？」

「要是說出來的話，就像把電影的精彩之處全部都說光了一樣……妳就當成在搭雲霄飛車，好好享受就可以了。」

「聽你這麼說就根本無法享受了啦……」

嘴裡如此抱怨著的亞絲娜環視四周，但是夾在牆壁與架子之間的通道沒有任何異變。最後似乎是下定決心了，她消除視窗後就再次觸碰我的肩膀，然後迅速讓我轉過身子。

「桐人你走前面。」

「了解了。」

知道接下來的發展和隊列順序無關的我，拚命忍住咧嘴露出笑容的心情並點點頭，接著順著來路走回去。經過迷宮般的通道，順利地回到門前。打開門來到微暗的走廊上，瞄了一眼在背後露出緊張面容的亞絲娜後，就朝遠方的玄關前進。

依序通過排列在左側牆上的那些完成探索的門，左手舉著的油燈燈光就照到走廊前方的玄關大廳。由於光是大廳就有六張榻榻米左右的大小，所以從走廊上無法照到每一個角落。雖然安全得到擔保——然後這已經是第二次，但是就連我也帶著些許緊張感來踏入大廳。下一個瞬間……

響起「噗咻！」的聲音，腳邊湧起刺眼的綠色煙霧來遮蔽了視界。

這種毒霧陷阱有時候迅速停止呼吸就能夠成功迴避，但這次是事件，所以這種方法無效。由於背後的亞絲娜發出悲鳴，我就為了讓她冷靜而伸出右手，抓住她往這邊伸的手。煙霧立刻到達臉的高度，當感覺到刺鼻味的瞬間，雙腳就失去力量的我和亞絲娜隨即癱軟到地上。

視界左上方並排的兩條ＨＰ條被跟煙霧同色的框線圍住。麻痺狀態……說起來通常的麻痺的話，還是只有右手能夠緩緩移動，但是目前卻全身都不聽使喚，連聲音都發不出。幸好還殘留著皮膚感覺，所以還能透過幾乎快分離的手，傳送要她不用擔心的念頭。

毒煙三十秒鐘左右後就像是作夢一樣消失，煙霧的源頭出現在滾落於地板上的油燈光芒當中。那是一個小壺，側面畫著簡單易懂的骷髏符號。接著又傳出兩種不同的腳步聲。

從玄關大廳角落出現的是穿著同款兜帽斗篷的矮小男人與高大男人——之所以知道是男人，是因為我知道他們的真面目——整個往下拉的兜帽裡面，還戴著足以覆蓋整張臉的奇怪皮革面具。

高大男性在大廳中央停下腳步，矮小的男人則繼續靠近我們，從地板上撿起小壺。把它收進斗篷當中後就緩緩放下兜帽，同時取下似乎具有防毒效果的皮革面具。

「…………！」

可以聽見亞絲娜發出驚訝的吸氣聲。

油燈的黃光照耀出來的是，有著瘦削臉頰與快要禿的額頭，再加上美髯這種失衡模樣的史塔基翁領主——賽龍的臉龐。

「哎呀哎呀……真是令人吃驚啊，兩位劍士。想不到竟然這麼快就幫我找到派伊薩古魯斯的祕密別墅。我持續找了這麼多年……完全沒想到不是在史塔基翁而是在斯里巴司。」

賽龍刻意搖著頭，然後看向從倒地的我們身後往前延伸的走廊。

「雖然派伊薩古魯斯一直隱藏著的益智遊戲祕法也很令人在意……但現在還是得先解決這

邊的事情。」

踩著前端上仰的靴子經過我身邊，接著對亞絲娜伸出右手。結果就像變魔術一樣，或者可以說是情節上的需要，應該收納在道具欄裡的金色鑰匙就出現在他手中。他一邊仔細地檢察鑰匙，一邊發出深深的嘆息。

「唉……原本期待能在這裡發現方塊……不過——我知道這把鑰匙要用在什麼地方。那裡一定能發現我找的東西。」

賽龍臉上憂鬱的表情瞬間轉變成親切的笑容，然後把從亞絲娜那裡奪走的鑰匙收進斗篷裡，再用手捋著長鬍鬚。

「兩位劍士真的幫了我很大的忙。不過得在這裡告別……雖然很想這麼說，但還得讓你們再幫我做件事。抱歉，請跟我一起來吧。」

他伸出左手，啪嘰一聲打了一個響指。結果至今為止一直默默站在那裡的皮革面具壯漢就走過來，從斗篷裡面拉出巨大的布袋。

依然一言不發的他蹲下來，以異常粗大的右臂抓住我的衣領，輕輕抬起來後丟進布袋裡面。這也是我已經體驗過的發展，不過封測時我是獨自完成任務。兩人組成小隊時是會拿出兩個布袋，還是——

當我這麼想時，袋口再次打開，暫時的搭檔就掉落到我身上。原本應該是要發出「噗啾」

聲的場面，但很可惜的是仍無法發出聲音。亞絲娜應該也不願意處於這種狀況當中，但是為了完成攻略時的經驗值，也只能讓她忍耐一下了。

壯漢從亞絲娜身後的袋子口往裡面窺探。接著袋口就被綁起，再也看不見任何東西。

我們瞬間被抬起來，似乎是被壯漢揹在背上。沉重的腳步聲與規律的搖晃重疊在一起。接著是門的開合聲。細微的潺潺河水聲與ＮＰＣ樂團的ＢＧＭ透過厚重麻布傳進來。

現在應該也有許多玩家在斯里巴司享受食物與購物。我們是在這樣的情況中被丟進袋子裡強行帶走，以任務來說是相當具挑戰性的設定。能夠裝下我們兩個人的袋子一定相當巨大，如果是六人小隊的話又會如何呢……當我這麼想時，晃動就隨著稍微強烈的衝擊停止了。近處可以聽見馬匹「噗嚕嚕、噗嚕嚕」的呼吸聲——看來是被放到載貨馬車上了。

壯漢與賽龍應該也坐到車台上了吧，馬車再次晃動，接著就聽見鞭子的聲音。然後是喀噠喀噠的馬蹄聲、喀啦喀啦的車輪轉動聲。載貨馬車沿著河川緩緩跑了起來。

雖然還是在麻痺狀態，無法運動身體也無法發聲，但是只要想對方算是用計程車把我們送到史塔基翁就會覺得還能忍耐。問題是完全不清楚坐在我身上的亞絲娜在想些什麼，獲得解放後她一定會先生氣地大喊「先告訴我結局是怎樣好嗎！」，但是現在只能相信她能理解我不在任務中段把精彩情節破哏，是為了讓她能夠享受任務的貼心舉動了。

馬車數分鐘後離開城市，車輪底下的道路從石板變成泥土。到史塔基翁大約有一・五公里，由於不會受到怪物襲擊，所以大概就是不到五分鐘的路程。當然到達主街區後任務還是會繼續下去，等任務告一段落並恢復自由大概是三十分鐘後左右吧。照這樣看起來，今天晚上沒辦法在斯里巴司，而是得在史塔基翁住宿了——……

「嘶咿咿——！」

馬車突然隨著劇烈的馬嘶聲粗暴地停止，我將唯一能動的雙眼瞪到最大。但還是沒有任何辦法得知袋子外面發生了什麼事。

「什麼人！我可是史塔基翁的領主賽龍喔！」

身邊傳出賽龍的叫聲。接著便是一連串金屬互撞的聲音。

再度聽見劇烈的馬嘶聲，車台跟著大大地傾斜。我在想大叫「嗚哇！」卻無法出聲的情況下和亞絲娜連同袋子一起滾落，掉在長了短短草皮的地面。袋口因為掉下的衝擊而打開，稍微可以看見一些外界的情形。

賽龍在車台上和身穿黑色兜帽斗篷的賊人交手，稍遠處可以看到依然戴著皮革面具的壯漢與做同樣打扮的賊人戰鬥。賽龍他們的顏色浮標是黃色，兩名賊人則是橘色。

封測的時候沒有出現這種場面的事件。正式營運之後任務發展有所變化也不是什麼奇怪的事，但這同時也代表接下來無法用我的知識來判斷了。在麻痺尚未解除前還是只能這樣看下去，如果能動了的話，我們是應該幫助賽龍還是賊人——或者是腳底抹油趕快逃跑呢……

「——！」

感覺應該不能動的亞絲娜身體緊繃，而且猛烈地吸了一口氣。

接下來晚了一些的我也注意到了。

至今為止我們已經數次和敵對ＮＰＣ森林精靈戰鬥過。他們的顏色浮標和怪物一樣是紅色。但是現在和賽龍他們戰鬥的黑斗篷賊人卻有著橘色浮標。也就是所謂的犯罪者顏色。

那兩個人不是ＮＰＣ，而是玩家。

當我有了這個確信的同時，在車台上戰鬥的賊人就使出劍技，毫不留情地擊敗賽龍。黑色皮革帽子順勢掉了下來，露出隱藏在底下的臉龐。

藍白色月光照耀之下出現的是邊緣綻開的銀色鎖子頭罩，以及底下刻畫在嘴角的無聲笑容。

我看過那張臉。現在雖然握著劍，但是我絕對不會看錯。那是在第三層對我設下單挑ＰＫ的陷阱，想藉此殺掉我的斧使——

摩魯特。

賽龍使用的麻痺毒只能讓虛擬角色無法動彈，應該對思考能力沒有任何影響，但是我卻有好一陣子沒辦法思考。

最後有斷片般的問題以及答案像是泡泡一樣浮上來並且破裂。

們。

——摩魯特與他的伙伴到底在做什麼？

……那還用說嗎？當然不可能是要救我和亞絲娜，應該是反而要利用麻痺狀態來殺掉我們。

——那麼，摩魯特怎麼會知道我們被麻痺，然後會在這個時間經過這個地方？

……一直在跟蹤我們？不對，不是這樣。摩魯特和我一樣是封測玩家。這樣的話就算知道這個「史塔基翁的詛咒」任務會有什麼發展也不奇怪，應該是預料到只要監視派伊薩古魯斯的祕密別墅，我和亞絲娜終究會出現。

——該怎麼做，才能從這種狀況下逃過一劫？

……………

不管再怎麼等待，第三個問題的答案就是無法浮現。

系統上確實允許在練功區阻撓其他進行事件任務的玩家，在SAO之前玩過的遊戲裡就有這樣的經驗。但是我甚至沒有想過今天在這裡會發生這種事態的可能性。

倒在馬車車台上的領主賽龍，將原本拿著劍的右手對著襲擊者舉起，然後大叫：

「殺害領主可是大罪！你們將再也無法進入史塔基翁，以及其他所有城市的門！」

這句台詞是打從一開始就包含在賽龍的對話模組裡，還是面對意料之外的死亡讓他從內心擠出來的呢？不論是哪一種，似乎都無法讓摩魯特有任何的心情波動，依然帶著滿臉笑容的斧使在車台上往前走了兩步，以「快速切換」把劍換成厚實的單手斧，然後無情地從賽龍頭上揮落。

「Cylon」這個名字的HP條歸零，史塔基翁的現任領主就在伸出右手的姿勢下緩緩後仰，然後從車台上跌了下去。屍體在同樣躺在地上的我們身邊反彈並不自然地靜止，接著就變成無數藍色碎片爆散開來。

只能說真不愧是領主吧，混雜著幾樣道具在內的大量金幣與銀幣掉落，隨著熱鬧的聲音灑了一地。那應該是足以彌補成為犯罪者浮標的利益，但是摩魯特卻看都不看它們一眼，只是從車台上一直往下盯著我。眼角雖然被頭罩遮住而看不見，但是單薄嘴唇滲出的笑容變得更加深邃。

這個時候，在馬車另一邊和壯漢搏鬥的另一名黑色斗篷男，則是以尖銳的聲音呼叫著摩魯特。

「喂，解決老頭之後就快點過來幫忙啊！這個大塊頭等級很高耶！」

把視線移動到極限，好不容易才看見壯漢揮舞纏著鉚釘皮帶的巨大拳頭，黑兜帽男則是靈活地在其周圍跳動。握在他右手上的是細長短刀，應該就是在第五層地下墓地的地下三樓和摩魯特密會的男人了。這兩個人現身就表示ＰＫ集團的老大——在煙火大會中想要殺掉我的黑色斗篷男可能也在附近，但是目前還感覺不到他的氣息。

短刀使雖然鑽過壯漢的拳頭且靈活地反擊，但是因為不敢太接近對方，所以一直沒有辦法造成傷害。在這種狀況之下，就只能把希望寄託在將我們塞進袋子裡的那個壯漢身上了。就算摩魯特過去幫忙，只要他能撐過幾分鐘的時間，我和亞絲娜的麻痺就有可能解開。

但是——

「對不起了，我也很忙。沒辦法打倒那個傢伙的話就把他帶到森林深處去，然後在那裡甩開他吧～」

摩魯特冷靜地這麼指示之後，就再次把臉轉向我這邊。後方的短刀使雖然發出不滿的聲音，但集團內的地位應該是摩魯特比較高吧。短刀使叫著「喂，大個子，到這邊來！」，然後往道路南側的一大片深邃森林跑去。皮革面具壯漢發出沉悶的怒吼，踩著重重的腳步追了上去。

兩種不同的腳步聲消失後，讓耳朵感到疼痛的靜謐降臨現場。不知道為什麼，完全聽不見應該充斥於夜晚森林的蟲鳴與貓頭鷹叫聲。

寂靜當中響起輕巧的腳步聲。摩魯特從車台上跳下來。把殺害賽龍的斧頭扛在肩膀上，隨意踩著散落在地上的錢幣，朝著側倒在地的我和亞絲娜走過來。

「……哎呀，真的等很久嘍，桐人先生。我就想你應該會接受領主任務，但是又沒有自信打從一開始就一直跟在後面。於是從昨天晚上就在一棟旅館裡盯哨，因為從那裡能看見叫派伊什麼先生的祕密別墅……哎呀，不行不行。」

咧著嘴的燦笑變成苦笑，然後用斧頭背面摩擦著鎖子頭罩的側面。

「頭兒一直要我想辦法改善太多話的缺點，不過就只有這一點真的很難改。但是悠閒地說話期間，兩位的麻痺要是解開的話就超Suck了吧，很可惜差不多該說再見了～」

摩魯特「咻」一聲轉動手中的斧頭，重新把它握好後就再次邁開腳步。

就在這個時候，包圍我和亞絲娜ＨＰ條的綠色框線開始閃爍。距離異常狀態解除還有三十秒……但是，要殺害無法動彈的玩家，一個人只要五秒就夠了。

由於亞絲娜是背對著我側躺在地面，所以我依然看不見她的臉。也沒辦法向她搭話或者握住她的手。

都是我的不小心才會招致這種狀況。既然知道會在完全無力的麻痺狀態被移動到圈外，就應該想到可能會受到ＰＫ襲擊。就算沒有注意到，只要不為了不想爆料這種小事就隱瞞之後的發展，聰敏的亞絲娜或許就能察覺到危險。

就算犧牲我的性命，也至少得讓亞絲娜逃出這個絕境。

靴子踩響清脆的腳步聲逐漸靠近。但異常狀態仍未消失。心臟急遽跳動。這不是虛擬的感覺。現在我躺在現實世界的肉體，脈搏應該也急速上升著。思考受到壓縮，相對獲得延長的時間當中，我摸索著所能想到的各種手段。

存在於視界的是亞絲娜的栗色頭髮與綠色的草、藍色的森林……以及死亡的賽龍所掉下的各種道具。金幣、銀幣、謎之皮革袋，還算是高級的單手劍、皮革面具、鐵鑰匙、黃金鑰匙、小小的壺、尖端上翹的靴子。

一瞬間，細微的可能性如同閃電般閃過我的腦袋。

現在的我手腳無法動彈。即使如此，還是能辦到兩件事。

第一件是用眼睛看。然後另一件是——呼吸。

摩魯特在距離側倒在地的我背部僅僅只有五十公分的地方停下腳步。雖然已經離開視界，但是映照在地面上的影子正默默地高高舉起單手斧。

這個剎那，我噘起嘴唇來把吸滿肺部的空氣用力吐出去。

目標是直立在約一公尺外的小壺。側面畫著骷髏符號的壺，是賽龍用來麻痺我和亞絲娜所使用的東西。大概是掉寶的時候狀態就被重置了吧，除了不是空的之外，上面還蓋著同樣素材的蓋子。

壺大約只有五六公分高，這個世界裡呼氣的速度雖然會受到誇大——就像一口就能把在第四層受到幫助的「游泳圈果實」鼓起——但是實在無法確定能不能光靠吹氣就把它吹倒。但是令人驚訝的是，另一股新的氣流跟我吹出的氣息在同一時間重疊在一起。看來亞絲娜也有完全相同的想法，所以做出跟我一樣的動作。

小壺的側面受到兩人份的吹氣後開始晃動並往內側傾斜，然後又恢復，接著再次搖晃——然後直接倒了下去。只見放在上面的蓋子分離並滾落到地面，下一刻，刺眼顏色的煙霧就以猛烈的速度上湧。我急忙吸了一大口新鮮的空氣然後屏住呼吸。

煙霧瞬時把我們吞沒，視界變成一片綠色。感覺摩魯特隨著咂舌聲抽身飛退。包圍HP條的綠框，閃爍的速度越來越快了。

艾恩葛朗特裡面，只要提升兩種能力值，就能擁有現實世界不可能辦到的臂力與速度。但因為是完全潛行型VRMMO，還是會倚靠一丁點現實肉體的能力。

其中之一就是肺活量。就算連頭都沉到水裡，被判定為「溺水」狀態，只要能屏住呼吸HP就不會減少。當然這時候的呼吸不只是虛擬角色，也包含了真實的肉體，現實世界裡肺活量較大的玩家就能在水裡活動比較長的時間。同樣的道理不只適用於水中，在毒煙裡也是一樣。

小學和國中都不怎麼運動的我，雖然對於肺活量沒什麼自信，但是賽龍在祕密別墅裡使用煙霧時，短短三十秒煙就消失了，所以只要屏息撐過這段時間應該就可以了。問題是麻痺能不能在那之前解開……然後摩魯特會不會遠離三十秒鐘。

毒煙發生後過了五秒……六秒……七秒鐘左右，包圍ＨＰ條的綠色框線消失了。全身的感覺瞬間恢復，我用左手撐起身體，右手則朝著劍柄伸去。

下一刻，斧使突然衝破綠色煙幕猛然撲了過來。

在濃密的毒煙當中，只能看見敵人朦朧的身影。對於摩魯特來說應該也一樣，但是衝破煙霧使出的一擊卻正確地對準我的頭部。

如果光是用劍接住發出低吼聲降下的斧頭，也會輸給重量與速度。但是根本沒有多餘的時間讓我從蹲姿施放劍技。在沒有辦法的情況下只能用左手抵住剛拔出來的劍，以雙手來抵擋這記攻擊。

摩魯特的斧頭激烈地擊打日暮之劍的側面，即使在煙霧當中也散發出烙印在視線當中的炫目火花。超乎想像的衝擊讓我一瞬間擔心劍會不會折斷，但是約費利斯家代代相傳的劍承受住這猛烈的一擊，形成的反彈力讓摩魯特稍微腳步踉蹌。

「……………！」

隨著無聲的喊叫撐起身體，左手同時使出體術技能的基本技「閃打」。摩魯特彎曲右臂來抵擋帶著紅色特效光的拳頭，但是無法完全抵消威力，身體因此而大幅傾斜。同時我也被課以技後硬直，不過閃打已經是我知道的所有劍技裡硬直時間最短的了。當我解除零點幾秒的硬直時，摩魯特仍然無法重整態勢。

敵人雖然用看來堅固的斧頭擋住右半身，但左半身卻是毫無防備。為了朝該處轟出渾身的一擊，發動了單手劍劍技「平面斬」——

不對，等一下。

在第三層的森林精靈野營地旁戰鬥時，摩魯特利用快速切換把劍換成斧頭。但是那個時候應該還有圓盾跟斧頭同時出現。但是現在摩魯特左手上卻空無一物。是改變戰鬥方式了？那是為什麼呢？

為了讓我覺得左手是空的。

「嗚！」

我咬緊牙根，停止就快要發動的劍技把劍拉回來。同時摩魯特的左手只靠手腕的力量就對我的臉投擲出某種東西。

我好不容易才用劍彈開那個突破煙霧飛過來的物體。從「鏘！」的金屬聲與手感來推測其真面目。是飛針——而且應該抹了毒。

靠著我把劍拉回去的短暫時間恢復態勢的摩魯特，這時候沒有反擊而是選擇了後退。我一邊小心再次投擲，一邊追上用力往後跳的影子。由於五步就脫離毒煙，我便吐出憋住的氣，然後深深吸了一口新鮮的空氣。

五公尺左右的前方，摩魯特也同樣呼吸著新鮮空氣，然後鎖子頭罩底下就露出大大的笑容。

「啊哈哈……不愧是桐人先生，剛才那還能擋得住嗎～」

「我才想問你是從哪裡撿來淬毒飛針這種危險的稀有道具呢。」

我以日暮之劍擦得極為光亮的劍身映照著背後的光景，同時對摩魯特這麼問道。亞絲娜應該跟我同時解除了麻痺，卻還沒有從綠色煙霧裡出來。HP條上的異常狀態框線已經消失，所以應該不是再次吸到毒霧，難道是有什麼讓她無法動彈的理由嗎？

「哎呀～要是說出來的話桐人先生也會去拿吧。這東西其實很方便喲～」

依然咧嘴笑著的摩魯特動著左手，從皮帶上抽出新的飛針。

就像我和亞絲娜差點就被利用麻痺事件殺害一樣，SAO裡面的毒——尤其是麻痺毒可以說是非常強力的武器。因此玩家無法輕易獲得其恩惠，想用調合技能來製造高等級麻痺毒本身就很困難，而且只是把毒塗在手邊的武器上也無法發揮效果。想讓毒發揮效果，武器本身需要極稀有的「毒性」特殊效果，而且我至今為止別說撿過帶毒性的武器了，根本連看都沒看過。在第五層的古城裡現出身影的黑色斗篷男——摩魯特他們的老大，表示抵住我的刀子上塗了等級5的麻痺毒與等級5的傷害毒，事後就判明那只是吹牛。

但是現在摩魯特左手手指夾住的長十公分左右的飛針，在月光照耀下發出油亮光芒。從甚至讓他解除慣用的盾牌——而且甘願接受非常態裝備狀態無法發動劍技的限制也要用來奇襲，應該可以確定它是真正的淬毒武器不會錯了。不論塗了什麼毒，都絕對不能被它刺中。

幸好飛針基本上是用過就丟的武器，不論是商店販賣還是怪物掉寶的物品都是一組三支。剛才摩魯特丟出的一支已經飛到森林裡的某處去了，所以還剩下兩支。只要能躲過去，情況就會變得對我有利。

讓滿臉笑容變淡的摩魯特，把右手的斧頭伸到前面，然後左手則隱藏在斧頭後方。我也為了不論從何處丟過來都要將其彈開而把劍擺在中段。

背後的毒煙仍未消失。賽龍讓我們麻痺時只有短短三十秒的時間，原本認為這次應該也是這樣，說不定是事件中效果時間也遭到縮短，如果是玩家使用掉寶的毒壺，霧氣就會持續更長一段時間吧。如此一來，就算只有兩分鐘，不對，就算只有一分鐘，屏住呼吸的亞絲娜也不知道能不能撐到那個時候。明明麻痺毒已經失效了，為什麼不從煙霧裡出來呢……

當我真正開始感到不安的時候，從毒霧的更遠方傳來尖銳的聲音。

「嗚咿～終於擺脫了。喂，你那邊結束了嗎？」

把ＮＰＣ壯漢拖到森林裡去的第二名黑兜帽男，比預料中還要快回到現場。相對於咬緊牙根的我，摩魯特的嘴角再次上揚。如果亞絲娜遇見什麼麻煩而無法動彈的話，我就得在守護她的情況下獨自與兩個人戰鬥。不對，最優先事項是要保住亞絲娜的性命，到了緊要關頭就算犧牲我自己也要讓暫定搭檔逃走才行。

用來替代後照鏡的劍身上，映照出整個繞過毒煙的黑兜帽男身影。

「……搞什麼，還活著啊。倒是這些煙是怎麼回事？計畫裡沒有提到要用這種東西吧？」

「不是我弄的喲，從ＮＰＣ身上掉下來的毒物道具被桐人先生拿去用了，啊哈哈～」

摩魯特的回答讓二號黑兜帽男發出了盛大的咂舌聲。

「真是麻煩……不過能讓我送他們歸西反而算是幸運喔？我可沒忘記在第五層搶走騎士細劍的仇啊。喂，女的到哪去了？」

「好像仍未解除麻痺，還躺在霧裡面喲～」

「那好，就先幹掉封弊者大人吧。」

丟出這句話的二號，從腰間拔出發出烏光的短刀。

兩人在前後進行對話期間一直保持沉默的我，老實說二號提及亞絲娜的瞬間就被血液沸騰的感覺襲擊，差一點就要主動砍過去了。但是背對摩魯特的瞬間飛針絕對就會飛過來。在黑暗精靈野營地強化過的「午夜大衣」雖然是第一層魔王的ＬＡ獎勵，但是擁有在這個第六層也還能派上用場的性能，只不過非金屬防具的共通弱點就是對於貫通屬性的抵抗力較弱。在不存在弓箭的艾恩葛朗特雖是冷門的屬性，但是跟長兵器的矛或者騎士槍，單手武器的穿刺劍或者短劍一樣，投擲用武器飛針也是無庸置疑的貫通武器。

首先全力搶攻將摩魯特無力化，接著打倒短刀使。這是度過這個難關的唯一方法，但是我能夠強行壓制自從第三層的戰鬥後對人戰技術更加成長的斧使嗎？然後就算技術與數值上能辦到這一點好了，我自己是不是能夠越過最後那一線——

和現實世界不同，ＳＡＯ裡即使ＨＰ條只剩下一丁點，就算是在瀕死狀態也能夠活動與戰鬥。所以說不使用毒或者陷阱要讓人無力化的話就只能讓ＨＰ歸零……也就是殺了對方。

摩魯特與短刀使因為攻擊了ＮＰＣ賽龍與其手下壯漢，所以顏色浮標變成了顯示為犯罪者的橘色。浮標是綠色的我就算攻擊他們也不會變成橘色，所以不用擔心懲罰，但那單純是指系統上的情況。現在的ＳＡＯ是無法登出的死亡遊戲，ＨＰ歸零的瞬間NERvGear的高輸出微波將會破壞玩家的腦。也就是說我殺掉摩魯特他們的話，也會殺掉他們在現實世界某處的真正肉體。

名為ＰＫ的殺人——我真的能辦到這種事嗎？

摩魯特惡魔般的第六感似乎看穿了我剎那的猶豫。

「殺！」

他隨著銳利的喊叫聲展開行動。

被搶得先機的我，為了持續讓短刀使待在視界當中而用力往左方跳躍。但似乎連這一點都預測到的摩魯特，直接凌厲地踏入我的前進方向，手中的斧頭也橫掃而出。

左手拿著毒針期間會被判定為兩手裝備狀態，所以無法發動劍技。但是摩魯特的單手斧就算是普通攻擊也藏著不容小覷的威力。和以重量與堅固為優勢的韌煉之劍不同，銳利但輕量的日暮之劍要是隨便拿來抵擋的話，甚至有折斷的可能性。

著地的同時就全力後擺來閃躲，結果厚實的斧刃就發出低沉破風聲通過我的脖子前方。全力的斬擊被閃開的摩魯特變成背對著我的姿勢，我的姿勢雖然也未臻完美，但還是可以做出反擊，只不過黑兜帽二號已經架起短刀從右側衝過來。在開放空間被人從前後夾擊的話，終究會被毒針給刺中。目前應該做的是先把兩個人引入道路北側的森林，創造出能夠靠著大樹戰鬥的狀況。

這麼想的我，為了再次跳躍而彎下膝蓋。

這個時候——

飄在二號背後的綠色煙霧像從中央遭到撕裂般分散開來。

衝出來的是拖著深紅色連帽披肩，右手拿著白銀細劍的細劍使。她的臉上戴著設計成像是怪物般的皮革面具。那是賽龍在派伊薩古魯斯的祕密別墅使用，死亡後掉在地上的防毒面具——亞絲娜因為戴著它，所以能在新產生的煙霧裡待超過一分鐘以上。

背對著我準備以沉重斧頭回砍的摩魯特，以及朝著我猛然衝過來的黑兜帽二號都還沒注意到亞絲娜。現在的話，她可以用劍技轟中二號毫無防備的背部。

但問題是亞絲娜沒有經驗過真正的——不是單挑而是互相殘殺的對人戰，現在真的能辦到這種事嗎？發動時只要有一瞬間的猶豫，劍技就會被取消，在懲罰硬直當中受到猛烈的反擊。即使受到讓人呼吸不過來的擔心襲擊，還是只把視線集中在摩魯特的斧頭上。要是二號從我的表情或者氣息中察覺到後方的攻擊，亞絲娜的隨機應變與忍耐就會付諸流水。現在只要相信搭檔就可以了。

「咻！」

我眼前的摩魯特再次揮舞斧頭。我注意著左手，一邊踩著最小限度的後塾步來躲開。摩魯特應該是想讓我擋住斧頭，然後趁那個瞬間投擲飛針，暫時只能利用後擺與墊步來迴避了。

視界的右端，以驚人衝刺力一口氣縮短距離的亞絲娜，對著終於注意到後方腳步聲而想緊急煞車的短刀使把細劍後拉到極限。

銳利的劍尖發出鮮豔的紅色光芒。亞絲娜的右手與劍變成光之流線後消失。我戒備著摩魯特的第三擊，同時對著搭檔傳送經過壓縮的思念。

——衝啊，亞絲娜！

「咚喀喀！」的沉重衝擊聲持續響起，被劍技「三角刺擊」直接轟中背部，短刀使的ＨＰ條一口氣減少三成以上。

「可……惡！」

同時吐出呻吟與咒罵聲的短刀使，從背部噴出大量傷害特效光在地面滾了一圈，但是沒有陷入翻倒狀態就站起來再次叫道：

「——根本沒有麻痺嘛！竟然用這麼卑鄙的手段！」

從技後硬直恢復過來的亞絲娜，完全不理會對方不講理的指責，用左手拿下皮革面具把它丟到草叢上。藍白色月光照耀下的美貌上浮現前所未見的憤怒表情，讓還想大叫些什麼的短刀使受到壓迫而閉上嘴。

「——這傢伙就交給我。桐人你對付摩魯特吧。」

明明沒有放聲大叫，但是她沉靜的聲音卻清晰地傳進十公尺之外的我耳朵裡。我一瞬間看了一下細劍使帶著冷澈光芒的雙眸，隨即把臉對著斧使。

頭罩底下殘酷且薄情的嘴角，這時已經沒有任何笑意。消除表情的斧使，以混雜著摩擦聲的聲音呢喃：

「哎呀呀……怎麼好像一口氣就來到緊要關頭了。」

「本來是想輕鬆幹掉無法動彈的我們，可惜沒辦法讓你們如願。」

「不不不，還不知道喲。何況我還有兩根毒飛針……喲！」

一這麼大叫，摩魯特右手上往下垂著的斧頭就垂直往上彈起。我反射性往後仰，結果漆黑的斧刃猛然通過我的鼻尖前方。

無法格擋雖然是不利的要素，但摩魯特說過自己的單手斧——專有名稱「利刃手斧」的強化內容是重量＋6，所以一開始揮動虛擬角色的重心就會一瞬間下沉。雖然只是細微的「徵兆」，但只要注意就不會錯失。

相對於持續無聲攻防的我和摩魯特，亞絲娜和黑兜帽二號的戰鬥倒是相當熱鬧。雙方不愧都是速度型，令人眼花撩亂的短刀與細劍在夜色當中爆出無數火花與金屬聲。純粹比速度的話，攻略集團裡也沒有人能贏過亞絲娜……真要說的話，ＡＧＩ極端強化的亞魯戈或許跟她不相上下，但是在沒有規則的對人戰裡，亞絲娜的劍勢果然太一板一眼了。對於習慣假動作與陷阱的對手來說，是有可能與之抗衡。

就算是這樣，和我練習單挑時都有些畏縮的亞絲娜，光是能和真正的ＰＫｅｒ全力戰鬥就已經可以說是有長足的進步了。為了回應搭檔的奮鬥，我也不能一直都在迴避。

為了讓我格擋斧頭或者身體失去平衡來製造確實發射毒針的機會，摩魯特持續使出渾身的斬擊。如果在現實世界，他應該早就氣喘吁吁了，但這個世界只要不做出超越筋力值界限的行動，隱藏能力值的「疲勞度」就不會上升。

夜晚的森林視界不良，腳下的土地也不平坦，就這樣一直迴避的話，最後腳應該會被樹根或者小石絆到吧。在這之前應該要主動打破這種僵局。

「嘻……咻啊！」

我踩著碎步迴避摩魯特由橫向到直向的二連擊。接著我便賭了一把。

做出被什麼東西絆到的模樣，身體整個傾斜。對此有所反應的摩魯特……

「殺啊啊啊！」

隨著更加猛烈的喊叫聲將利刃手斧從右斜上方砍下。由於至今為止我都是往後方來閃躲攻擊，所以他腳步踩得很深。

斧頭是可以單手也可以雙手拿的強力武器，但是只要距離夠近——然後擠出所有的膽量和骨氣，就能攻擊其構造上的弱點。

「咕喔！」

我邊吼叫，邊把全身力道灌注到裝成絆到的左腳上，然後下定決心往前進。鑽進斧頭下降的軌道內側，高舉起左前臂來擋下斧柄。

「咚嘎！」一聲，強烈的衝擊從手臂傳到肩膀，HP條減少了5％左右。同時以右手的劍發動劍技「斜斬」。帶著藍色光芒的劍身朝著摩魯特為了投擲毒飛針而翻轉手腕的左手。

我原本是想能夠讓飛針脫手就可以了。但是黑暗精靈的名劍以超乎預料的銳利度回應我捨身的賭注。摩魯特受到衝擊的左臂，從手肘下方無聲地分離，變成無數碎片後消滅。握住的飛針則是空虛地掉落在草地上。

部位缺損傷害。這樣斧使就必須經過三分鐘才能從缺損狀態恢復，而在這之前他都無法用左手投擲飛針了。

「啊哈……」

不知道是逞強還是另有殺手鐧。輕笑一聲的摩魯特，從手臂的斷面流出類似血液的鮮紅粒子用力往後跳去。

基本上我在對人戰時是屬於窮寇莫追主義。因為想連續使用劍技來給對方龐大傷害時，自身將會露出最大的空隙，結果反而遭到猛烈的反擊，我自己就遇過不少次這種情況。

但就只有這個時候，我在技後硬直一解開時就為了追上想拉開距離的摩魯特而用力往地面踢去。看來我對於想要殺害亞絲娜的ＰＫ們……以及沒有注意到麻痺活動會有危險的自己感到的憤怒已經超乎自身想像。

「喔喔喔喔！」

從丹田迸發出喊叫聲，轉動著愛劍往上突刺。從劍尖迸發出幾條鮮藍色光束，透明的推力推著我的背部。這是低空突進技「憤怒刺擊」。

單手劍熟練度50後解鎖的劍技，是繼初期的斜斬、垂直斬、平面斬後可以使用的基本劍技。因此威力雖然低，但是和高高躍起後使出斬擊的音速衝擊不同，是在貼近地面處一直線往前突進，所以是易中而難防的一招。

缺損左手，解除兩手裝備狀態的摩魯特已經可以發動斧頭的劍技，但是看見以在地面爬行般前傾姿勢猛追過去的我，似乎立刻就放棄反擊了。他將右手上的斧頭轉了半圈，然後擋在身體前面。

斧頭的握柄基本上只是普通棍棒——其中也有長了小刺或者刀刃的類型——在攻擊時將會成為弱點，防禦時和劍不同，不論怎麼格擋都不用害怕受到破壞。而且憑摩魯特的技術，用兩公分粗的斧柄擋下我的突刺技應該不困難才對。

但是突進技就算被擋下來也能讓對手整個往後彈。這是不必害怕反擊，直接轟出全力一擊來顯示意志的場面。

「喔喔！」

最後簡短叫了一聲，就朝著斧使胸口正中央解放右手的長劍。

「嘻咿！」

猛烈呼出一口氣的摩魯特，把斧柄移到淡藍色特效光的延長線上。我以連鐵棒都要砍斷的意志刺出劍尖——

這個時候。

簡直就像劍有自己的意志一樣，劍尖稍微往右邊錯開了去。日暮之劍絕對是堅硬的劍身，只有這個瞬間得到宛如生物般的柔軟度，扭曲著身體迴避障礙物……拿著劍的我就是有這樣的感覺。

只有一瞬間擦過利刃手斧斧柄爆出小小火花的劍，瞬時又恢復原本的硬度，以令人害怕的準確度刺進摩魯特胸口正中線往右兩公分……也就是心臟這個會心一擊弱點的位置。

斧使身上裝備著暗灰色的鱗甲，緊附在纖細身體上的鱗片綻放出濕濡般的暗沉光芒，素材看起來不像是金屬而是某種怪物的外皮。容易活動而且不會製造噪音，是最適合用來PK的鎧甲，但既然是皮革應該就跟我的長大衣一樣，具備無法抵抗貫通武器或突刺技的特性。

因此如果是厚實金屬鎧應該就會停下來的日暮之劍銳利劍尖，直接撕裂鱗片與鱗片的接縫，同時繼續深入………

傳出「滋喀啊啊啊啊嗯！」這種不知道用過這招劍技多少次的我都不曾聽過的沉重且猛烈的衝擊聲。足以晃動頭腦深處的振動從右手手掌傳遞過來。比通常炫目兩三倍的特效光炸裂，讓視界因為充斥藍光而看不見其他東西。

聲音、光線、手感。不會錯——這是真會心一擊。而且還同時加上弱點會心一擊。

當閃光收束時，我的劍有一半以上的劍身刺入摩魯特胸口。

浮現在斧使頭上的顏色浮標當中，HP條也開始無聲地減少。或許是感覺受到加速的緣故吧，減少的速度似乎比平時還要慢，但是完全沒有停下來的跡象。從幾乎全滿的狀態，減少到七成、六成，甚至不到五成，HP條也轉變成黃色的注意色。

原本覺得再怎麼樣也該停止了吧，但是黃色橫線還是以一定的速度持續減少。剩下四成、

三成五……三成。終於染上紅色警戒色的ＨＰ條，速度雖然減慢了還是繼續往左端接進。

在第三層對我提出半損勝負模式的單挑時，摩魯特先是把我的ＨＰ減少到將近五成，然後企圖利用一擊把剩下來的ＨＰ全部消除，也就是所謂的「單挑ＰＫ」。但是那個時候雙方ＨＰ條都剩下五成多一點，甚至還沒有變成黃色。

二成五……二成三……依然持續減少。就算被弱點加上真會心一擊轟中，真的能夠一擊就讓最前線等級玩家的ＨＰ減少到這種地步嗎？摩魯特被精靈之劍深深刺入的胸口，像血一樣的光粒一邊脈動一邊持續滴落。像是心跳的震動傳遞到我握住劍的右手。和我一樣，摩魯特這時也完全無法動彈。

我記得自己也有過幾次這樣的經驗，承受過於龐大的傷害時，在自身ＨＰ條停止減少之前，不要說是活動了，甚至連呼吸都辦不到。連在封測時都這樣了，何況現在的艾恩葛朗特是虛擬角色死亡就等於玩家自身死亡的世界。如果ＨＰ的減少沒有停止，摩魯特他……躺在在現實世界日本某處的真正肉體，就會因為腦部被NERvGear燒焦而死。

我在下意識當中，把視線從鮮紅的ＨＰ條移到下方的鎖子頭罩內部。從心臟流出來的紅光，微微照耀出摩魯特至今為止都沉沒在黑暗當中的上半部臉孔。

首次看見的ＰＫer真面目，雖然比我年長一些，但應該也還不到二十歲，是一名看起來很普通的年輕人。瞪到極限的雙眼，凝視著我右上方的虛空……應該說是表示在那裡的，只有他才看得見的ＨＰ條。臉上看不出有什麼表情，只有至今為止經常帶著笑意的嘴唇，像是要表示「騙人吧」一樣微微張開。

我也稍微打開嘴巴，幾乎只用嘴唇的動作……試著要詢問他為什麼在這個世界要成為ＰＫ這種傢伙。

就在這個時候——

尖銳到變成高周波的聲音，從後方刺入我的耳朵內。

「阿守！把那把劍拔出來————！」

一瞬間我才終於注意到。

摩魯特的ＨＰ不是因為複合會心一擊而減少到這種地步。這是貫通持續傷害。我的劍依然刺穿他的心臟，所以ＨＰ就像血一樣持續流出。

同時領悟到這一點的摩魯特，以不像他的寫實聲音發出「嗚啊啊！」的悲鳴並丟下利刃手斧，用右手抓住日暮之劍的劍身。

如果我也以兩手握住劍柄，不讓劍被拔出來一路刺到底部的話，再過不到五秒鐘就可以殺了他。

我想應該要這麼做才對。這個男人利用麻痺事件想殺害我和亞絲娜。讓他活下去的話，應該又會做出同樣的事情吧。我當然不想死，而且更不想讓亞絲娜喪命。因為她將來會成為遠遠超過我的劍士，率領攻略集團完全攻略這款死亡遊戲，解救幾千名玩家。

沒有比亞絲娜的性命更重要的東西了。

所以我要在這裡，把摩魯特給——

「啊啊啊！啊啊啊啊啊啊——！」

再次從背後傳來不像是人類的尖叫聲。接著是急遽靠近的腳步聲。

我反射性用左手按住摩魯特的胸口，把日暮之劍拔出來。在劍身散落鮮紅粒子的情況下轉過身去，就看見黑兜帽二號正舉起短刀一直線往這邊衝過來。

更後方的亞絲娜雖然為了追趕而跑了起來，但以二號異常的衝刺速度來看，她終究是趕不上吧。我架起長劍往右邊跨出一大步，在戒備著倒在草地上的摩魯特以右手發射第三根飛針的情況下準備迎擊短刀使。

但是摩魯特倒地之後就沒有動作，而黑兜帽二號也做出意想不到的舉動。他在幾乎沒有瞄準的情形下，就把右手的短刀朝我扔過來。

我一劍就把旋轉著飛過來的短刀擊落。二號接著又用左手丟過來某樣東西。

那不是武器，而是直徑三公分左右的小小球體。在短短二十多小時前剛看過同一種東西的我，立刻往亞絲娜的方向跑去並大叫：

「停下來，亞絲娜，是煙幕！」

下一刻，背後就傳出「砰呼！」的聲音。和亞絲娜會合後回過頭去，就看到一大片比黑夜更黑的煙霧湧出，吞沒了兩名ＰＫｅｒ。

即使如此，還是能看見些許短刀使抓住摩魯特右臂幫助他起身的模樣。濃密的煙霧覆蓋住重疊在一起的剪影，只傳出一丁點往北側森林跑去的腳步聲。最後也聽不見腳步聲，殘留在視界裡的兩個橘色浮標同時消失。

已經確認過這種煙霧沒有任何異常狀態效果了。所以衝破煙幕追上去的話，就很可能可以把兩個人——至少也能夠給瀕死的摩魯特最後一擊。

但是我的腳卻沉重到像是要沉入草地裡一樣，而亞絲娜也是一動也不動。

寒冷的夜風吹動樹梢，也吹散了終於開始變淡的綠色毒煙以及漆黑的煙幕。兩種煙霧都消失後，亞絲娜就把騎士細劍收回左腰的劍鞘裡，然後自言自語般說道：

「什麼阿守嘛……沒有那句話的話，就會毫不猶豫地追上去了。」

黑兜帽二號確實以「阿守」這個名字來呼喚持續受到貫通傷害的摩魯特。不知道是同伴之間的綽號，還是——我強行切斷這樣的思考，把劍放回自己背上。

「我也差點就能殺掉摩魯特了。明明拔劍時就發誓絕對不讓他再有機會做出這種事……」

「……還會再來嗎？」

聽見亞絲娜的問題，我思考了一下後就點頭回答：

「應該會吧。下一次應該也會用我們意想不到的手段來發動ＰＫ……」

一這麼說的瞬間，我就發現自己有應該率先表明的事情，於是便面向亞絲娜。這時搭檔輕輕歪著脖子，我則凝視著她的臉〇．三秒，接著移開視線深深低下頭來。

「抱歉，亞絲娜。我知道綁架事件中會在麻痺狀態來到圈外，應該要注意到這時候遭到襲擊的可能性……因為我的大意，讓亞絲娜身陷危險。真的很抱歉。」

現在回想起來，我自從第一層和亞絲娜組成搭檔以來，就不知道惹她生氣多少次了。就連來到這層之後，被丟枕頭或者被輕戳側腹部等等的次數也已經多到我無法立刻算出來。但這次的失誤程度完全不同。如果不是封測玩家的我隨口拍胸脯保證「絕對安全」的話——至少仔細說明過事件內容的話，沒有先入為主觀念的亞絲娜或許有機會注意到ＰＫ的危險。

可以斷言正因為我是封弊者才會招致今天的危機。然後也無法斷言這是最後一次遇到這種危險了。

「……我大概沒有繼續跟亞絲娜搭檔的資格……」

當我說到這裡時，某種柔軟的物體就觸碰著我低垂的頭部兩側。

當我發現那是亞絲娜雙手的瞬間，頭就被迅速抬了起來。強行讓我立正站好的亞絲娜，沒有放開手就從正面瞪著我說：

「告訴你我最討厭的事情之一吧。」

「是……是什麼？」

「就是雙方明明都知道對方內心在想什麼，卻持續選擇曖昧且無關痛癢的言詞來牽制、討價還價或者互相試探。說出口固然很重要，但是重要的事情只要簡潔地直接說出來就可以了……你不覺得嗎？」

「那……那個，妳這是什麼意思……？」

雖然聽得懂亞絲娜的言外之意，但是不了解跟這種狀況有什麼關係，於是只能歪起脖子。但是亞絲娜夾住我頭部兩側的手立刻又把我的頭移回來。

「也就是說……」

亞絲娜吸了一大口氣，一臉認真地問道：

「桐人你想和我解除搭檔關係嗎？」

既然來了一記正中的剛速球，我也只能直接吐露真心話了。

「要說想不想的話……當然是不想。」

「這樣啊。我也不想……那麼有這個結論就夠了吧。」

「…………………」

太有男子氣概啦。

呆立現場的我不知道為什麼腦袋裡用關西腔這麼想著，而亞絲娜則是把我的頭髮亂抓了一通之後才把手放下。

「既然這麼決定，應該還有許多事情得去做和討論……那我們現在最先應該做的是？」

「嗯、嗯……這個嘛～～～～」

吸了一大口包裹寒冷冬夜森林的冰冷且清爽的空氣來清醒腦袋後，我就環視起周圍。

戰鬥中移動了比想像中還要遠的距離，許多人行走的小徑位於往南七八公尺左右的地方。失去主人的載貨馬車與馬匹依然留在道路上，雖然認為應該做些什麼，但又不知道該如何行動。然後馬車周圍散落著許多閃亮的東西。那是一千珂爾的金幣和五百珂爾的銀幣──此外還有各式各樣的道具。全部都是被摩魯特所殺的史塔基翁領主賽龍的遺物。

「…………等一下再想要做什麼，還是先把賽龍掉下來的這些東西……」

當我說到這裡時才注意到一件事。

跟這些掉寶比起來，還有最優先應該撿起來的道具。我把視線移回載貨馬車附近的草地上，對搭檔亞絲娜大叫：

「亞絲娜，幫忙撿一下摩魯特他們掉落的斧頭和短刀！」

我直接跑過數公尺，把臉靠近叢生的草皮。應該是在這附近才對。我抵擋摩魯特的斬擊，用劍技讓他的左手陷入部位欠損狀態的地點。那個時候摩魯特的左手還握著毒飛針。那隻手變成多邊形碎片四散的瞬間，握在手上的飛針…………

「——啊！」

輕叫了一聲並把右手伸進草叢裡，慎重地捻起刺在地面上的黑色金屬片。

長大約十公分左右。最粗的部分寬度大概也只有八公釐。斷面是六角形，但因為呈平緩的螺旋狀，所以讓人有點聯想到工具用的鑽頭。螺旋狀的溝槽從像針一樣的銳利尖端往中間延伸，內側可以看見被油一般的液體濡濕。

雖然很想打開屬性視窗調查清楚，但是這根飛針的所有、裝備權都還在摩魯特身上，我必須想辦法把它奪取過來才行。那兩個傢伙抵達哪個安全地點冷靜下來並實行「所有道具完全實體化」的話，飛針一瞬間就會從我手邊消失。不對，摩魯特的話甚至不需要這麼做。

「桐人，撿過來嘍。」

這麼說著的亞絲娜，右手拿著單手斧左手拿著短刀小跑步來到現場。我對她點點頭，同時在腦袋理攤開第六層的練功區怪物一覽表。

應該有才對。擁有和棲息在第五層地下墓地的老鼠男相同的習性，相當棘手的討厭鬼。我記得——名字是叫作……

「……亞絲娜，找一下周邊的森林裡有沒有叫作『搶奪賊．姆利基』的怪物。」

「姆利基……？好奇怪的名字，怎麼拼呢？」

「嗯，我記得是……Ｍｕｒｉｑｕｉ吧。」

「哦……」

就連博學多聞的亞絲娜，似乎也對這個文字列沒有印象。在封測結束到正式開始營運這兩個月裡先搜尋過就好了，內心這麼想的我視線先移向北側的森林，不過沒有看到怪物的影子。

就設定上來說，即使在圈外區域，道路周邊也幾乎不會湧出怪物，但那只限於玩家在各方面都保持低調，安安靜靜不發出聲音的時候。剛才為了救摩魯特的短刀使那種超乎常軌的尖銳聲音應該會把怪物吸引過來才對，幸好——不對，只有這次真的很可惜，在嘶吼聲所及的範圍內似乎連一隻怪物都沒有。

這樣的話就只有自己進入森林當中尋找目標的怪物了，但是不知道還來不來得及。摩魯特他們變成犯罪者了，所以已經無法進入圈內……也就是幾乎所有城市或村莊，所以應該沒有那麼容易找到安全地點，不過他們在訂立這次的作戰計畫時應該就有這樣的覺悟了。如果在不遠處準備了避難處般的地方，就不知道是他們先抵達該處，還是我先找到搶奪賊．姆利基——

「……桐人。桐人啊。」

被叫到名字後，我便抬起不知道什麼時候低下去的頭。結果搭檔指的不是我身體朝向的北側，而是街道的南側。當我轉過去凝視著漆黑森林的瞬間——

「喝嗚……喝喝嗚！」

就聽見這種像人也像野獸的叫聲，然後樹木的枝頭還可以看見複數蠢動的小型剪影。下一刻，影子頭上就不斷浮現出顯示為怪物的泛紅顏色浮標。數量超過十，不對，是十五隻。

「看！那些全都是姆利基喔！」

正如亞絲娜所說，顯示出來的全都是Ｍｕｒｉｑｕｉ結尾的專有名詞，但這並不是能夠感到高興的狀況。

現在我的等級是19而亞絲娜是18，這比第六層初期要求的等級高出許多，所以每一個浮標都是淡粉紅色，但數量實在太多。而且不只有我尋找的搶奪賊，還有打手‧姆利基以及果實投擲者‧姆利基等混在裡面。短刀使的叫聲果然效果十足，竟然連只在森林深處出現的姆利基群都叫過來了。

ＳＡＯ當中，以系統來說玩家應該能發出同等音量的聲音，但因為是取樣自原本肉體的聲音，所以清晰度還是會出現差異。短刀使發出的是尖銳的刺耳音質，因此不容易混在環境音當中，在雜音相當多的夜之森林裡也能傳遞到遠方。光是大叫就能從廣泛範圍聚集怪物的話，算是最適合ＰＫ的才能了。當然他應該不是這樣才會成為ＰＫ吧。

「……那現在要怎麼做？」

亞絲娜的問題當然是對我提出，但是數隻姆利基就像聽見她的聲音一樣從高高的枝頭沿著蔓藤或者樹幹跑下來。在「喝、喝」的鳴叫聲此起彼落的情況下，逐漸靠近被丟在現場的載貨馬車。藍白色月光照耀著從樹冠底下冒出的身影。

「啊……是猴子。」

再次動著臉部的亞絲娜如此呢喃。正如她所說的，姆利基們是有著毛絨絨毛皮與尾巴，以及長長雙臂的猴子型怪物。比上一層出現的人猿系怪物小上許多，就算直立也只有一百二十公分左右，但是卻特別敏捷而且可以利用森林裡的樹木進行三次元的跳躍，算是相當麻煩的對手。

從樹上下來的四隻，其中有三隻是肚子上有袋鼠般袋子的搶奪賊，一隻是右手拿著棍棒般樹枝的打手。只有四隻的話，我和亞絲娜的劍技可以立刻幹掉牠們，只是一旦發動攻擊，樹上的十幾隻就會撲過來吧。今天從早上就因為訓練與任務而不停活動，再加上才剛經過與摩魯特他們的死鬥，亞絲娜的體力應該消耗得比想像中還要大。想要搶下來歷不明的毒飛針與摩魯特他們的主要武器，就無法避開與姆利基群的戰鬥，這個時候是否應該逞強呢？

在感到猶豫的情況下看著猴子，三隻搶奪賊就來到載貨馬車後方，爭先恐後地把地面上的錢幣撿起來塞到腹部的袋子裡。看見這種情況的亞絲娜，隨即用有些焦急的聲音表示：

「啊，那些傢伙把賽龍先生的遺物撿走了！」

「這就是我的目的……」

當我這麼呢喃，而亞絲娜露出疑惑表情的時候。

垂在亞絲娜右手上那把看起來沉重的單手斧就隨著「咻！」的效果音消失了。

就在我沮喪地想著「來不及了嗎」之後，才注意到她左手上的短刀以及我手上的毒飛針都還沒消失。也就是說兩名PK到達避難地點後實行的不是「所有道具完全實體化」，恢復冷靜的摩魯特使用快速切換回收了主武器的單手斧。

沒有在同一時間消失，就表示短刀使似乎尚未取得快速切換的Mod。但是重要的毒飛針應該再過不到十秒鐘就會消失了吧。把登錄在快速切換圖示上的裝備從斧頭換成飛針，然後再次發動快速切換就可以了。

與其被輕易搶回去，倒不如讓怪物撿走。這麼想的我，就把毒飛針丟到搶奪賊．姆利基們的腳邊。接著也對伙伴做出指示。

「跟我一樣把短刀丟過去！」

「嗯……嗯。」

點頭的亞絲娜把黑色短刀丟出去後，一隻搶奪賊就發出「喝喝！」的聲音並且靠近，迅速撿起飛針與短刀並放進腹部的袋子裡。由於牠們擁有「強奪」技能，因此所有權當場轉移，再也無法用快速切換或者所有道具完全實體化從遠方回收這兩種武器了。姆利基群撿拾完道具之後應該就會消失在森林深處，摩魯特和短刀使找到猴子們並將其打倒，藉此取回武器的可能性近乎是零。

這樣應該就可以了吧……我這麼告訴自己，準備對亞絲娜說「我們回城裡去吧」。但是在我開口之前——

「原來如此，我終於了解了……跟我在第五層取回細劍時的方法一樣嗎？」

「啥？」

「好了，趁牠們還沒逃走，快點把牠們幹掉吧！拿棍棒的傢伙就拜託桐人了！」

真有精神耶～

好一陣子說不出話來的我，急忙從搭檔身後追了上去。

結束之後才發現，十六隻姆利基的群體沒有我想像中那麼難以對付。戰鬥的地點不是在森林當中而是在街道周邊，所以猴子們利用樹枝的三次元機動遭到封印，比較棘手的就只有果實投擲者從後方丟過來的堅硬樹果，習慣之後就很容易直接把樹果擊落。加上單獨時只要受到攻擊就會逃走的搶奪賊，加入群體時就會戰鬥到最後，所以成功打倒了撿走一大堆物品的三隻。

令我們感到困惑的，反而是結束與猴子們的戰鬥後發生的事情。因為在賽龍手下做事的壯漢這時才從森林當中緩緩出現。原本完全忘記他的存在了，結果被短刀使丟在森林深處的他，竟然又乖乖回到載貨馬車旁邊。

一瞬間還以為會發生戰鬥，結果依然戴著防毒面具的壯漢不知道是不是理解主人已經死亡，只見他以悄然的模樣坐上馬車，然後看也不看我們一眼就從前往史塔基翁的街道離開了。

就這樣，一切痕跡都從夜裡的森林消失，我和亞絲娜也先回到斯里巴司——理由是因為它比史塔基翁更近。

「…………好睏……好累……又好餓……」

鑽過城門，浮現在視界的「Ｉｎｎｅｒ Ａｒｅａ」文字一消失，亞絲娜就軟趴趴地靠在門柱上這麼說。她以這種姿勢往上看著我，然後皺起眉頭。

「……你那是什麼表情？」

「沒有啦……因為妳把我想說的話都先說完了……」

這麼回答的瞬間，亞絲娜就以愕然的模樣沉默了一陣子，然後立刻又放鬆肩膀的力道。

「……現在連這種毀謗都懶得跟你爭了。總之我們先去旅館吧……」

「說得也是……」

點點頭後就眺望著行人減少許多的主要街道。

沒有被摩魯特他們襲擊，繼續按照劇本進行綁架事件的話，我們在史塔基翁再發生一次爭執就會獲得解放，今天晚上應該會住在那邊的旅館。但是既然因為意料之外的發展而回到斯里巴司，就得處理亞魯戈告訴我們的旅館客滿問題了。

「嗯……我看……應該很難找到兩間在隔壁的單人房了……」

畏畏縮縮地這麼說完，亞絲娜就眨著惺忪的雙眼回答：

「有兩張床的套房就可以了……本來就說好是這樣了吧。」

當初確實是這麼說好了，但那是為了防止ＰＫ集團的攻擊，考慮到摩魯特他們應該有好一陣子不會展開行動，至少今明兩天應該不需要睡在同一間。但這次他們的老大黑斗篷男沒有現身，摩魯特他們也只是受到精神與物質上的傷害，也沒有確切的證據可以肯定他們今晚不會再行動了。

「了解了。那麼……河川左岸應該有不錯的旅館。我們到那裡去看看吧。」

聽見我的提案後，亞絲娜就模糊地說了些什麼並點頭，以搖搖晃晃的動作站起來。由於她對我伸出右手，以為她要跟我牽手而慌張了一下，結果她抓住的是長大衣垂下來的皮帶邊緣。

拉著類似自動駕駛狀態的亞絲娜移動到城市北門附近的四層樓旅館。它在斯里巴司裡面大概算中上程度，不過所有房間都有面對河川的露臺，因此就眺望這一點來說應該是最高等級。

或許是因為招牌土氣的緣故吧，「翡翠與翡翠亭」大概只住了八成滿的客人，不要求一定要隔壁的話是有兩間單人房可供住宿。但是依然抓住大衣皮帶的亞絲娜毫不考慮就指了最上層的總統套房，所以就租下了該處。

推著電池快沒電般的搭檔背部走上階梯，打開沒有益智遊戲門鎖的房門進入房間裡，正面的大窗戶就可以看見一整片斯里巴司的夜景。走到露臺上的話，應該就能看見眼睛下方河川沿岸燈火輝煌的模樣，但亞絲娜搖搖晃晃地走到中央，然後依序眺望著左右牆壁上的寢室房門。

「……我睡這邊。晚安……」

留下帶著呵欠聲的發言後，她就消失在左邊的寢室當中。只聽見一次解除裝備的聲音，接著就再也聽不見任何聲響。

躡手躡腳走近打開的房門，就看見只把武裝收回道具欄的亞絲娜整個人趴在大床上。我猶豫了幾秒鐘後就進入房間，抓住亞絲娜身體底下的棉被。

一邊調整角度一邊慎重地拉動，立刻熟睡的亞絲娜就不停滾動，最後變成仰躺在枕頭上的姿勢。把打開的棉被蓋上去並呢喃了一聲「晚安」後我便離開寢室。考慮了一下就決定不把房門關上。

我回到客廳後便「呼」一聲喘了口氣。

這裡不愧是昂貴的房間，豪華沙發組的桌子上準備了歡迎房客的水果籃。從上面拿了奇異果外型草莓色的水果後咬了一口。默默吃起口感是香蕉味道是鳳梨的水果同時茫然思考著。

在第三層的主街區茲姆福特，住宿到跟這裡差不多高級的豪華客房時，房間裡面也有水果籃。記得亞絲娜不曉得為什麼以上肩投法將混合著蘋果、梨子與荔枝口味的水果丟我，雖然只是短短十五天左右前的事情，理由卻已經想不起來了。

但是那個房間裡交談的對話卻記得相當清楚。

——如果覺得我礙手礙腳的話，一定要告訴我喔。

亞絲娜躺在併排的床上時說出這樣的話。

還說到起始的城鎮外面的理由是為了保有自我……絕對不是為了讓我保護。

從那天開始亞絲娜就不斷地努力來證明她說過的話。她吸收關於死亡遊戲的龐大知識，磨練戰鬥技術，連表示不擅長的對人戰都能夠漂亮地完成戰鬥了。今天早上在第三層的黑暗精靈野營地裡進行的短時間訓練，我只教她幾種技巧與如何做好心理準備，剛才竟然就能夠和身為摩魯特搭檔的短刀使互相較勁。恐怕連我想在單挑時贏過亞絲娜的話都不能光靠基礎能力，也得使用一些小手段才行了。

所以老實說，一直煩惱是自己讓亞絲娜暴露於危險當中根本是對她的一種侮辱。即使知道這一點，還是有好一陣子無法放棄責備自己。

吃完水果的我，打開視窗後切換成道具欄標籤。捲動依照入手順序排列的各種道具，找出「娜姆內培恩特的毒壺〈0〉」這個名字。裡面雖然已經空無一物，但那是麻痺了我和亞絲娜，同時也把我們從危機中拯救出來的裝有毒煙霧的小壺。我用手指點了它後將其移到道具欄的前頭，然後從副選單固定位置。這樣每當我打開道具欄時就會看見這個名字，然後反省這個苦澀的錯誤。

在艾恩葛朗特當中，毒素，尤其是麻痺毒是相當強大的武器。就算能倚靠知識與經驗來迴避怪物的麻痺攻擊，一旦被具有惡意與創意的玩家使用就很難抵擋。繼續與PK集團戰鬥的話，將來一定還會被對方利用麻痺毒來逼入絕境吧。但是至少接下來絕對不再讓亞絲娜暴露於危險當中了。

如此下定決心的我關閉視窗，原本也打算一鍵解除武裝，但最後又改變念頭，把背上的劍連同劍鞘一起卸下來。在不發出聲音的情況下悄悄拔劍，把劍身對著油燈的亮光舉起。雖然歷經和摩魯特激烈的死鬥，而且還殲滅了一大群姆利基，日暮之劍的劍身卻還是保持像鏡子一樣的光輝。

對準摩魯特胸口中央使出「憤怒刺擊」時，在我手中的這把劍就像生物一樣扭動劍身，正確地貫穿了心臟這個會心一擊的弱點。

由於在黑暗精靈野營地強化了兩次準度，所以是瞄準補正發揮了效果……事情就是這麼簡單。但是在破壞惱人鬼魂的核心時，也同樣強烈地感覺這把劍的補正力是屬於武器本身的意志。與其說是朝向我所瞄準的弱點修正軌道，倒不如說是劍自己找到弱點砍向該處。

……想太多了。只是我沒有使用準度強化武器的經驗，才會有這種奇妙的感覺。不過如果這把劍沒有貫穿摩魯特心臟，給予他一擊斃命的恐懼感的話，那些傢伙也不會這麼簡單就撤退吧。

手指沿著劍身劃過的我在內心呢喃著對劍的感謝，然後把它收回劍鞘。重新按下解除鍵，把它隨著大衣一起收進道具欄。

身體變輕後，我再次看向亞絲娜的寢室，考慮了一下後才進入右邊的寢室。從床上拆下棉被，再次回到客廳裡。躺到有些硬的沙發上，用棉被裹住身體。在這裡睡的話，萬一有人找到系統漏洞悄悄進入房間時，注意到危險的機率將會上升。

我和亞絲娜是關係對等的搭檔，所以單方面想守護她完全是往自己臉上貼金的想法。但就算是這樣，只要有能辦得到的事情就想盡量去做。因為我一定也在沒有注意到的地方受到亞絲娜的保護。

點了一下桌子叫出房間選單來熄滅油燈。在陷入藍色黑暗的房間裡閉上眼睛，就感覺聽見從隔壁房間傳來細微的鼻息。當我呢喃晚安的瞬間，意識也跟著陷入深沉的黑暗當中。

5

二〇二三年，一月二日。

和昨天完全不同，今天打從一大早就是灰沉沉的陰天——其實灰色雲層也只有從外圍的縫隙才能看見——我和亞絲娜今天的攻略就從整理道具欄開始。

在旅館附屬的餐廳裡吃完早餐，回到四樓的套房後在大桌子上將昨天入手的道具群實體化。有一半以上都是從姆利基的大群身上獲得的「蜘蛛猴的毛皮」或者「毛絨絨的尾巴」這種用途不明的素材道具，問題是亡故領主賽龍所掉的各種物品。錢幣和寶石暫時被搶奪賊・姆利基撿走才回收，所以和我們身上原本的錢混在一起了，不過使用或者賣掉成為遺物的裝備類物品又讓人感到有些猶豫。

「……賽龍先生沒有家人嗎……」

由於亞絲娜捏起品味有些低劣的黃金墜飾並這麼呢喃著，我只能輕輕搖頭。

「沒有……我不記得那棟宅邸裡住了他的老婆和小孩。」

「這樣啊……話說回來——更重要的是，賽龍先生真的就這樣永遠從艾恩葛朗特裡消失了嗎？再也沒有人能夠承接『史塔基翁的詛咒』任務了嗎……？」

她的話讓我再次搖了搖頭。

「嗯……我想應該不至於會這樣吧。出現在斯里巴司的祕密別墅時，史塔基翁的領主宅邸裡應該還有其他的賽龍在才對……摩魯特他們殺害的怎麼說都只是『我們的賽龍』，我想對進行同樣任務以及接下來要開始的玩家沒有任何影響才對。」

結果亞絲娜就以指尖按著左邊太陽穴低聲說著：

「嗚嗚嗚……無論過多久，我都無法習慣這種情況……暫時性地圖也是，實在無法接受同時存在好幾個相同的人或者地點的情形……」

「我了解妳的心情。」

我苦笑著，同時把從餐廳拿來的檸檬汁般飲品倒進兩個杯子裡，然後把其中一個杯子遞過去。啜了一口酸酸甜甜的液體後就繼續說道：

「在第三層進行精靈戰爭任務時也稍微說明過了，要在第一層取得韌煉之劍，就必須完成到森林裡幫生病的女孩子收集藥材的任務。喝下完成的藥之後，女孩子的病情雖然好轉了，但那也只有在我尚未離開房子期間。其他玩家為了接任務而進入房子的話，在那裡的依然會是為病所苦的女孩子。當然這也是沒辦法的事……每個任務都是先搶先贏，只有一個小隊能攻略的話將會引起很大的騷動。不過還是會有無法接受的部分吧……」

「……就是說啊……」

亞絲娜點頭之後也喝了一口果汁。噘起嘴唇露出「好酸！」的表情後才輕嘆了一口氣。

「……我覺得賽龍先生其實也很痛苦。明明是派伊薩古魯斯先生的大弟子，聽見師父說不會選你當繼承人後，一時氣憤就動手殺了人，然後抱持了這個祕密十年之久吧？而且沾了自己血手印的黃金魔術方塊又不知道被誰拿走，就表示至少有一個人知道真相吧……我想他十年來一定都寢食難安喔。」

亞絲娜的話是基於賽龍是真正的人這樣的假設，不過實在不認為ＮＰＣ的他會有產生自責感的心靈……原本這麼想的我立刻又改變了主意。和封測時代不同，現行版本的艾恩葛朗特裡，確實存在複數讓人覺得擁有心靈與感情的ＮＰＣ。像是基滋梅爾、約費利斯子爵等等……這樣的話，說不定賽龍也是如此。

靠在沙發的椅背上，「呼」一聲吐出一口氣後，亞絲娜才再次開口表示：

「……還以為任務的最後賽龍先生會悔悟自己的罪過並接受懲罰……然後得到某種饒恕……我說桐人啊……」

「嗯？」

「我們回到史塔基翁去見領主宅邸裡的另一個賽龍先生，任務也沒辦法進行下去了吧？」

「嗯……應該是這樣吧，因為無法完成重要事件。記錄一定也在途中停止了吧……」

我一邊這麼說，一邊把開著的道具欄切換成任務標籤，叫出承接任務一覽表裡的「史塔基翁的詛咒」任務。表示在記錄上面的最後一行——

「嗯……『史塔基翁的領主賽龍遭到盜賊所殺。必須找到留下來的兩把鑰匙要用在什麼地方』……」

我和亞絲娜面面相覷並沉默了一陣子。兩人同時把視線放在桌子上，結果在眾多物品的角落，確實有一把黃金製與一把鐵製的鑰匙靜靜躺在那裡。

「咦……咦……？等一下，這表示賽龍先生被殺也是這個任務的劇情之一……？」

搭檔的疑問讓我第三次搖了搖頭。

「不……不是吧。應該不可能。因為昨天襲擊我們的摩魯特他們不是ＮＰＣ而是玩家喲……雖然被當成盜賊，但不可能是ＳＡＯ的系統讓那些傢伙這麼做的。」

「那麼這個記錄又是怎麼回事？」

「呃，這……這個……可以想到的是，因為事件來到圈外時，賽龍被其他玩家殺掉的可能性並非為零，所以準備了這種時候的劇情發展……大概是這樣吧……？」

「咦咦～～？」

聽見我意見的亞絲娜，臉上露出非常懷疑的表情。

「如果要這麼做，那倒不如一開始就把賽龍先生設定為強大到誰都殺不死不就好了？」

「嗯……是這樣沒錯啦……但這樣也會出現為什麼不是戰士的賽龍會這麼強的問題吧。SAO在這種地方很有自己的堅持……」

「每一本書都確實設定了內容對吧。雖然看不懂就是了。」

如此回應之後，亞絲娜就把裝檸檬汁的杯子放到桌上，以雙手拿起黃金與鐵製的鑰匙。

「……這把金色鑰匙是我們在祕密別墅發現的吧。那麼……這把鐵製鑰匙要用在哪個地方？」

「誰知道呢……金色的是領主宅邸地下迷宮的鑰匙，鐵製的我也是第一次見到……」

「迷宮……？黃金魔術方塊就在那裡嗎？」

雖然猶豫了一下是否該回答這個問題，但是任務的發展已經和我所知道的路線完全分歧了，所以判斷應該沒關係的我就點頭表示：

「嗯。從派伊薩古魯斯遇害的現場拿走黃金魔術方塊並藏在宅邸地下的是我們一開始問過話的前女傭喔。名字應該叫……賽亞諾，其實她是益智遊戲的天才，派伊薩古魯斯準備讓她當繼承人。」

「咦，是這樣嗎……？但是，那個賽亞諾小姐看見賽龍先生殺害派伊薩古魯斯先生了吧？那為什麼不立刻譴責他，而是把凶器隱藏起來呢？」

「這是因為，賽龍和賽亞諾其實是情侶。」

「哎呀呀……哦～～唔……」

感嘆詞連發之後，亞絲娜再次低頭看著雙手的鑰匙。

「……十年前的話，賽龍先生還是三十歲後半，賽亞諾小姐大概是二十五歲左右吧。不忍心告發戀人是殺人凶手，但是也無法裝成沒這回事，應該是這樣吧……」

「大概是這樣沒錯。賽亞諾把黃金魔術方塊封印在領主宅邸的地下，之所以把進入該處的鑰匙放在斯里巴司的祕密別墅裡，就是希望賽龍能夠贖罪。」

「……到底是怎麼回事？」

「領主宅邸的迷宮有一大堆難到極點的益智遊戲，沒有祕密別墅書齋裡某本書的提示就無法抵達最深處。賽亞諾在這十年裡，一直等待賽龍來向她承認自己的罪過並請求幫助。那個時候她就打算說出祕密別墅的存在。要取回黃金魔術方塊，賽龍就必須努力研究祕密別墅裡的書籍，然後突破地下迷宮。其實那本來是為了繼承益智遊戲王和領主地位的考驗。」

「哦哦……但是賽龍先生卻不自己挑戰考驗，只是一直僱用別人去嘗試……」

「而且還麻痺僱用的人並且將其綁走。」

我的話讓亞絲娜嘆了一口又細又長的氣。

「……如果摩魯特他們沒有介入，我們會有什麼樣的結局呢？」

「賽龍把我們關進領主宅邸的迷宮裡，想讓我們幫忙回收黃金魔術方塊。但是知道他企圖的賽亞諾就利用史塔基翁的祕道來幫助我們，接下來我們就協助她來解決事件，這就是本來的路線……」

「這樣啊……那麼，這邊這把鑰匙的用途，首先應該去問問看賽亞諾小姐才對吧。」

我以略為傾斜的角度對著輕舉起鐵鑰匙的亞絲娜點點頭。

「嗯……這才是正確的方法吧。應該可以無視賽亞諾，只由我們以金色鑰匙進入領主宅邸的迷宮裡並回收魔術方塊，但這樣就無法預測出事情的進展了。」

「好，既然這麼決定，那就馬上……」

雙手拿著鑰匙的亞絲娜準備站起來時，我就拉著她上衣的袖子讓她再次坐下。

「等一下等一下。重要的物品還沒調查完呢。」

「咦？但再來只剩下賽龍先生的遺物吧。啊，你不會是想把它們賣掉……」

「不不不，不是那樣啦。雖然覺得防毒面具應該可以賣個很高的價格……」

輕拿起昨天晚上亞絲娜對短刀使發動身後奇襲時所戴的那個不怎麼可愛的皮革面具，然後立刻放回桌上。另外也暫時把其他裝備品等東西收進房間附屬的道具欄，然後把漆黑的鋼鐵飛針與經常受到使用的短刀實體化。

看見它們的瞬間，亞絲娜就全力繃起臉孔。

「啊，對喔……桐人很在意這兩樣東西。話說回來，我這邊也掉了一根喔。」

「啥？」

在感到啞然的我面前，亞絲娜迅速操縱視窗，取出新的飛針。和一開始的那一隻並排放在一起的飛針，不論顏色、質感還是平緩六角螺旋的設計都完全相同。剛覺得奇怪，就終於發現是怎麼回事。摩魯特在戰鬥中投擲出三根飛針裡的第一根，被我用劍彈開後飛進森林裡去，結果就被搶奪賊．姆利基撿走了吧。然後亞絲娜打倒那隻搶奪賊，飛針就掉寶到她的道具欄裡。

「喔喔……猴子與亞絲娜合作無間。」

「那聽起來不像是在稱讚人。」

再次繃起臉之後，亞絲娜就直接把脖子往右側傾斜。

「……咦，話說回來……我們打倒的那群姆利基，掉下來的道具全部都進到道具欄裡了對吧？」

「嗯。」

我想著「為什麼事到如今才問這個」並點了點頭，結果亞絲娜接下來的話卻令我無法立刻回答。

「那麼，為什麼摩魯特殺害賽龍先生時，道具會全部掉到地面上呢……？」

「呃……嗯…………」

聽她這麼一說，確實是這樣。我和亞絲娜之所以會得救，完全是因為從賽龍身上掉下來的

「娜姆內培恩特的毒壺」掉到了手──不對，是吹氣能夠抵達的地上，本來它應該直接進入摩魯特的道具欄才對。

「嗯，可以想到兩種可能性。摩魯特的道具欄裡面幾乎沒有剩餘的容量了……不然就是玩家殺害玩家或者NPC時，掉寶的規則會改變。」

「……摩魯特的等級也很高，第一個可能性可以剃除掉吧。」

「說得也是。那傢伙雖然把單手劍和單手斧分開來使用，道具欄裡應該裝了不少東西，但實在不認為他會在快超越重量限制的情況下對我們發動襲擊。那就表示是特殊規則吧……但是，只有這個可能性實在無法驗證。」

「封測的時候是怎麼樣的？」

「好像是跟打倒怪物時一樣……但是因為我沒有試過PK，所以沒有辦法確定……下次在哪裡遇見亞魯戈的話就問問看吧。」

我暫時停止關於掉寶的話題，開始凝視著並排在桌子上的兩根黑色飛針。

出乎意料的，三根毒飛針裡有兩根被我們搶下來了，但問題是它來自何方。我祈禱著屬性視窗裡能有入手方法的提示，同時用指尖點了一下其中一支。亞絲娜把臉湊過來窺看著出現的視窗。

「嗯……道具名稱是Spine of……Shumarugoa……嗎？」

「什麼意思？」

感覺最近好像太常把搭檔變成會走路的日英辭典，幸好亞絲娜立刻就開口回答：

「Spine是『刺』吧。雖然Shumarugoa應該是專有名詞，不過不論是在現實世界還是艾恩葛朗特都沒聽過耶。」

「這樣啊……」

我點完頭後就繼續看下去。攻擊力與耐久值雖然比商店內販賣的飛針要高出一些，但不是什麼驚人的數字。不過問題是下面所寫的特殊效果。

「……麻痺〈３〉：這種邪惡之刺的攻擊命中後，將會帶來等同於等級２麻痺毒的效果。使用三次後毒性將消失……嗎？目前連等級１的麻痺毒都無法入手，竟然有等級２的效果……靠店裡販賣的等級１治療藥水可能治不好喔。」

「咦……那該怎麼辦？」

「不是修行調合技能製造等級２的治療藥水，就是使用淨化結晶……但是……」

我的回答讓亞絲娜皺起眉頭。

「等級２的藥水，要多少熟練度才能製作？」

「應該是１００吧。」

「嗚咿……」

由於這又是我本來想做的反應，於是便忍不住側眼看向旁邊。結果亞絲娜似乎也有自覺，只見她臉頰微紅並快速繼續說道：

「也還沒辦法獲得結晶道具吧。如此一來……以現狀來說，就是沒有手段可以對抗這種飛針的麻痺毒嘍？」

「嗯……這個嘛……」

解除傷害毒和麻痺毒最普遍的手段確實是藥水和水晶，但也不是只有這兩種方法。這個世界裡數量龐大到像是無限的食物與飲品當中，有的似乎就具備了解除異常狀態的效果，也有不少本身就具備解毒與回復性能的素材道具。其他還有提升毒抗性的防具與飾品，再加上……

當高速運轉的腦袋快要抵達某個結論時。

亞絲娜原本閱讀著屬性視窗下方增加故事性的文字，忽然就猛烈地吸了一口氣。

「咦……」

「怎……怎麼了？」

「……『墜落之精靈將軍諾爾札挑戰邪龍修馬爾戈亞，將其滴落恐怖毒液的尖刺全部砍下』……」

我同時用眼睛追著亞絲娜出聲讀出的文字。看來這些毒刺是來自於名為修馬爾戈亞的龍。不過問題不是在這裡。

墜落之精靈應該指的是墮落精靈吧。然後那個名為將軍諾爾札的人物，我和亞絲娜曾經親眼目擊。

「等……等一下。這表示這個飛針是諾爾札將軍從龍身上砍下來的刺嘍？」

「這裡是這麼寫的……」

「但……但是，為什麼……」

我以檸檬汁滋潤乾渴的喉嚨，然後才繼續開口表示：

「為什麼摩魯特會有這種東西？」

「……難道說，他打倒了那個諾爾札將軍……？」

我思考了一陣子亞絲娜的推測，最後還是緩緩搖頭。

「不……應該不可能。亞絲娜也看到那個將軍的顏色浮標了吧？」

「…………嗯。」

點著頭的搭檔，臉色變得有點蒼白。

我和亞絲娜目擊諾爾札將軍的地點是在第四層淹水迷宮深處的墮落精靈祕密基地。他的顏色浮標在當時等級16的我眼中是一片漆黑，完全沒有浮現任何從藏身處衝出去挑戰他的想法。即使過了十天後升上等級19，我還是確信當時我和亞絲娜要是衝出去的話，應該不到一分鐘就會喪命。

就算是對人戰專家的摩魯特與短刀使，也完全無法勝過那名帶著冰霜般氣息的墮落精靈吧。反過來說，如果有哪個傢伙能勝過諾爾札，那不用利用麻痺事件也可以把我和亞絲娜殺掉才對。

「就可能性來說……大概不是潛入墮落精靈的基地裡偷出來，就是像我們打倒的下級墮落精靈的掉寶吧……能想到的大概就這些……」

我一邊說出自己完全沒有確信的想像，一邊隨手點了一下放在飛針旁邊的短刀。

然後在閱讀出現的屬性之後就暫時說不出話來。

道具名「苦痛之短刀」。特殊效果是裝備者將擁有耐毒、耐冷獎勵，在低機率下讓攻擊對象持續出血傷害。然後還有「墮弱精靈指揮官作為獎賞贈予玩家的短劍」這樣的追加說明。

「……竟然說是墮落精靈的獎賞？」

當我這麼呢喃完，亞絲娜就用自己的頭把我的頭推開並閱讀文字，然後同樣安靜了下來。

最後提出我沒辦法立刻回答的問題。

「這也就是說……是任務的獎賞嘍？」

「…………」

從說明文來看就只能做出這樣的解釋，但這就表示那個短刀使從墮落精靈指揮官那裡接到任務並加以完成，然後獲得作為獎賞的短刀。

然後如果是這樣的話，摩魯特所持有的毒飛針就很有可能不是從墮落精靈那裡偷來或者搶來，而是完成任務後獲得的獎勵。如果那是只能夠完成一次的任務就還好，萬一是可以無限承接的討伐系或者收集系任務的話……就表示我們雖然辛苦地奪得帶有危險麻痺毒的飛針，但是他們根本可以盡情地入手。

「我說亞絲娜啊。」

「桐人啊。」

當我如此呼喚的同時——

亞絲娜也面向我這邊。以視線互相禮讓了一陣子後，性子比我急了一些的亞絲娜就開始表示：

「那個……雖然史塔基翁的任務也很令人在意，但我還是覺得先調查這種飛針比較好。」

「我也正想這麼說。」

因為我的回答而稍微綻放笑容的嘴角馬上又繃緊。

「如果能夠無限獲得這種武器，那事情就嚴重了……那些傢伙攻擊的就不只是我們，得讓在圈外戰鬥的所有玩家都得做好抗麻痺毒對策才行……」

「……雖然有同感，但正如我剛才所說，目前對抗等級2麻痺毒的手段有限……關於這一點，也跟她討論看看吧。」

「妳說討論……對象是？」

面對露出驚訝表情的亞絲娜，我咧嘴笑著說：

「當然是應該熟知墮落精靈以及其毒物的騎士大人嘍。」

艾恩葛朗特第六層，其圓形練功區在構造上是由險峻的岩山分為五等份，中央有一座星型湖泊。

主街區史塔基翁的隔壁城市斯里巴司是位於東北區域，迷宮塔是在右下方的東南區域，但是卻被高度幾乎抵達第七層底部的高聳岩山阻絕，沒有辦法直接移動到該處。

因此攻略集團必須由反時鐘方向來突破整個樓層。阻隔各區域的岩山，其底部的寬度大概是一百公尺左右，成為通道的迷宮也不會太長，但是房間與通道上有一大堆麻煩的益智遊戲，出口前方還有練功區魔王等待著玩家。

成為攻略集團主力的公會ＤＫＢ與ＡＬＳ，在攻略樓層首日就迅速把據點從史塔基翁轉移到斯里巴司。花了半天來提升等級並進行裝備更新，在沒有益智遊戲門鎖的旅館充分休息之後，預定今天中午挑戰通往左鄰西北區域的洞窟——我從大叔軍團的隊長艾基爾傳來的訊息得知這樣的情報。

在餐廳吃早餐的時候，我和亞絲娜本來打算今天上午再次回到史塔基翁，完成連續任務後再往西北區域前進。但是因為受到摩魯特他們掉落的物品影響而不得不改變行動的優先順位，我們在整理好行李後就退掉「翡翠與翡翠亭」的房間，朝向區域南端的迷宮前進。

雖然出發時間比較晚又在路途上遇見不少怪物，但是跟數十人規模的聯合部隊比起來，兩個人的移動速度還是比較快，當看見深邃山谷間的迷宮入口時，也發現在入口前方休息的三個集團。

「什麼嘛，本來還想快速通過那些人幫忙突破的迷宮呢。」

由於自然就躲在樹蔭下的亞絲娜開口這麼說，我稍微思考了一下後就回應：

「等那些傢伙進去之後，再從後面悄悄地追上去也是一樣吧？」

「『急著趕路卻來不及』和『明明來得及卻故意不趕路』完全不一樣吧。說起來艾基爾先生他們也在那裡喲。」

正如她所說的，在迷宮區前面休息的人當中，藍衣的DKB有三支小隊共十八人，綠衣的ALS也同樣是十八人。然後是防具雖然各不相同，但是同樣使用雙手武器的大叔軍團則有四個人。今天早上從艾基爾那裡傳來的訊息，最後是以「有時間的話可以來幫忙攻略迷宮喔」這樣的一文做結，所以把麻煩事推到他們頭上確實是有點，不對，應該說相當令人過意不去。

「沒辦法了，那就過去吧。」

我拍了一下亞絲娜的背部並撐起身體，然後踏進通往迷宮的峽谷。故意發出明顯的腳步聲來走過施加了奇妙雕刻的岩壁中間，然後對最前方圍在營火周圍的大叔軍團揮手。

「嗨，辛苦了。」

「午安，艾基爾先生、渥爾夫岡先生、羅巴卡先生還有奈伊嘉先生。」

明明是兩個人同時搭話，肌肉棒子們不知道為什麼只對著亞絲娜露出笑容，然後各自向她打招呼。心裡想著「這幾個臭傢伙」的我坐到了艾基爾身邊。稍微瞄了一眼山谷深處，就看見牙王率領的ＡＬＳ以及凜德率領的ＤＫＢ等人都露出「跑來了嗎……」的表情，於是也舉起兩根指頭向他們行了個禮，然後急忙轉向營火。

艾恩葛朗特和現實世界不同，升起營火不需要什麼技術，但是要入手高品質的柴火倒是出乎意料地困難。雖然森林練功區裡到處都掉落著樹枝，不過想升起穩定的營火，在觸碰樹枝時的道具名必須是「枯枝」，如果是「未乾燥樹枝」或者「潮濕樹枝」的話就只會冒出一大堆煙而無法確實升起火。雖然在街上的雜貨店可以確實地購買到成綑的柴火，但是這比想像中要重的東西會壓迫到道具欄的空間，所以也無法帶著大量柴火行走。

但是大叔軍團不愧全是由ＳＴＲ型所組成，所持重量似乎仍綽綽有餘，所以營火用的是商店販賣的柴火。營火周圍設置了鐵製三角架，從掛在上面的茶壺傳出茶香味。

「艾基爾，休息時間到幾點？」

這麼問，巨漢就回答「還有十分鐘左右」，判斷應該還來得及的我就打開主選單，拿出三條祕藏在道具欄深處的第四層產番薯——正確的道具名稱是「半魚人番薯」丟進火裡。

雖然是封測時期也能夠入手的食材道具，不過或許是從半魚人身上掉落的關係，一開始是以非常便宜的價格來販賣。而且當時的第四層是被乾燥土砂覆蓋的乾枯河谷，不知道為什麼還有半魚人出沒，於是就更加讓人感到不對勁。

但是被發現放在營火上烤過後味道不輸給商店販賣的甜點，價格就一口氣往上飆升，甚至造成為了番薯而拚命狩獵半魚人的事態。這個情報似乎仍未在目前的艾恩葛朗特傳開，所以當我想著得找時間下到第四層進些番薯存貨時——時間已經過了五六分鐘，開始從營火裡飄出甘甜的香味。

熱絡談話當中的亞絲娜和大叔們閉上嘴，開始抽動鼻子尋找香味來源，我則是把番薯在火裡烤到最後一刻——在快要焦掉而變成做白工前最是美味——認為時機已到就拔出背後的劍，對著營火使出最快的三連刺擊。

飛濺火星並且抽出的劍尖上，刺著三顆外皮烤焦的番薯。由於五個人都默默伸出右手，我便把它們全部分成一半然後一個一個遞給他們。

艾基爾燒的有點像綠茶的茶與半魚人番薯果然很美味。我在現實世界所居住的埼玉縣川越市的名產就是番薯，所以可以說是從小吃到大，因此對於味道相當囉嗦而且也有點吃膩了，不過我可以幫這個烤番薯打九十五分。

折成一半的番薯立刻消失在虛擬的胃裡，六個人同時滿足地呼出一口氣。將來的目標是在第二層開牛排館的渥爾夫岡向我詢問番薯的來源，但為了不破壞夢想，我只回答他「我批發給你吧」就一口把茶喝乾。大叔軍團應該也在第四層迷宮區和半魚人戰鬥過，但是會掉番薯的「半魚人．卡魯提貝達」除了不會單獨出現之外，ＨＰ減半就會立刻逃走，所以要是不看準時機施放大技的話就很難把牠打倒。

在休息時間結束的三十秒前收拾營火，然後讓艾基爾把我們加入小隊。大叔軍團目前是四個人，所以加上我和亞絲娜後剛好是六個人，不過之後他們的成員應該會再增加，也不可能一直倚賴他們。必須得考慮將來魔王戰時被排除在聯合部隊之外的情況……邊這麼想邊往前走時，迅速靠到我旁邊的亞絲娜就呢喃著意想不到的內容：

「桐人啊，浮標變成橘色的玩家，要怎麼變回綠色？」

「啥？」

眨了眨眼想著「為什麼這時候要這麼問」後，才終於了解亞絲娜的意圖。

ＰＫ集團的摩魯特與短刀使是隱藏真實身分加入ＡＬＳ與ＤＫＢ，然後運用各種策略來煽動兩公會發生爭執。在第三層被我識破意圖的摩魯特似乎已經脫離公會，但是短刀使依然隸屬於ＡＬＳ才對。

但是那個傢伙昨天攻擊賽龍手下的壯漢，顏色浮標變成了橘色。在那種狀態下不但無法進入街道，而且也很難出現在公會成員面前才對。也就是說，只要有從昨天晚上就消失，或者是隨便找理由來以橘色浮標狀態進行活動的成員，那個傢伙就是短刀使了。不過也要從昨天晚上到今天早上的期間他沒有把浮標恢復成綠色就是了……

「要從橘色恢復成綠色，就必須完成回復善惡值的任務才行。詳細情形我也不清楚，不過浮標變成橘色的話，偶爾會在練功區遭遇旅人或者流浪漢這樣的ＮＰＣ，然後那個人會給予考驗任務……好像是這樣吧……」

靠著模糊的記憶這麼呢喃著回答完，亞絲娜就露出陷入沉思的表情。

「那種任務是一個晚上就能完成的嗎？」

「任務的難易度和分量好像會因為罪行的嚴重度而改變。只是從ＮＰＣ那裡搶走價值不高的東西應該不用花太多時間，要是攻擊或者殺害ＮＰＣ的話應該會辛苦許多，然後就算是同一種罪過，考驗的困難度也會隨著犯錯次數遞增的樣子。封測的時候好像聽過，要是ＰＫ五名玩家的話，實際上就不可能恢復成綠色了。」

回答到這裡我才注意到亞絲娜的疑問沒有獲得解答，於是又補充道：

「老實說，我也不清楚短刀使要恢復多少善惡值……那傢伙只是攻擊壯漢，也沒有殺掉他……」

「嗯……說起來，那裡也只有一半左右的ＡＬＳ成員吧……」

「就算把事情告訴他們，他們應該也不會輕易相信吧……」

當我們持續把頭湊在一起悄聲進行議論，迷宮入口處前方就傳過來氣勢十足的聲音。

「喂，跟過來是沒關係！但既然要參加聯合部隊，就得遵從我們的指示啊！」

聲音的主人是流星錘般刺蝟頭不論到什麼地方都不可能被認錯的ＡＬＳ會長牙王。以右手比出ＯＫ手勢表示了解了後，他就鼻子發出盛大的「哼」一聲並重新轉向入口。三支小隊當中，可以看見第五層魔王戰時提供助力的斧槍使歐柯唐與板甲女孩莉庭，由於他們輕輕對我們致意，我和亞絲娜也一起打了招呼。

看來已經談好這個迷宮區的攻略是由ＡＬＳ成員來主導了，ＤＫＢ會長凜德與幹部席娃達、哈夫納率領的三支小隊沒有多說什麼，只是跟在ＡＬＳ的後面，大叔軍團與兩名拖油瓶則跟在最後方。確認這一點的牙王再次以破鑼嗓子喊著：

「好了，快點突破迷宮到下一個城鎮去吃午餐吧！」

ＡＬＳ成員以充滿元氣，ＤＫＢ和我們則以一半的聲量叫著「喔～！」，接著總數四十二人的攻略部隊就踏入貫穿岩山的迷宮。

然後十幾分鐘後突然就吵了起來。

迷宮本身的構造相當單純，就是由通道與大房間串連起來，沒花多少功夫就把十隻出現在第一個大房間的活石像系怪物打倒，問題是設置在房間深處門上的益智遊戲門鎖。

外表看起來就是所謂的滑塊類益智遊戲——在日本被稱為「黃花閨女」，移動大中小三種方塊，能夠讓初期狀態時配置在最上方中央的大方塊從最下方出口脫離就算是成功。但是封測時原本是一個大方塊、四個直向長型方塊、一個橫向長型方塊、四個小方塊這樣的基本構成，現在設置在房間門上的整個益智遊戲又加大了一層，小方塊總共有八個。

一開始以充滿自信的態度挑戰的當然就是牙王了。但是五分鐘內，大概移動了三百下都還沒有解開謎題的跡象，當再也無法忍受的凜德表示「快點放棄讓我來吧」時，牙王又回吼「給我退下！」，結果大房間裡分為左右兩邊的ＤＫＢ與ＡＬＳ成員就開始互瞪。

「……怎麼說呢，總之就是再熟悉也不過的發展。」

在遠方夾雜著嘆息如此呢喃的亞絲娜，把臉靠近我並且說：

「嗳，那個沒有像數字推盤遊戲那樣簡單易懂的攻略法嗎？」

「很遺憾，還真的沒有……我記得原型的最少移動次數是八十一次，但那裡又多了四個方塊。我也沒有順利解開的自信。」

當我們進行對話的期間，霸占房門前空間的牙王也不斷發出「喀嘰喀嘰」的聲音來移動金屬方塊。但是重複了幾次幾分鐘前的局面，依然沒有解開謎題的樣子。

「……倒是桐人，我記得史塔基翁裡的益智遊戲，說是因為領主的詛咒對吧？我們沒有解任務所以不是很清楚。」

附近的艾基爾也加入對話，我往上看著他輪廓深邃的臉龐點了點頭。

「嗯，設定上是有人死在領主宅邸，就是那個人做出的詛咒。」

「這樣的話，為什麼距離主街區好幾公里遠的迷宮裡也有益智遊戲？斯里巴司裡面就一個都沒有。」

「……說起來確實是這樣。」

第六層的主題是益智遊戲，因為這個先入為主的觀念，讓我至今為止都沒有產生疑問，不過連斯里巴司都沒有受到影響的詛咒，效果竟然會波及這個迷宮，說起來還真有點奇怪。但是實際上益智遊戲甚至蔓延到湖泊另一側的南區域以及迷宮塔內部，封測時期也不記得曾經說明過這種現象的理由。

……嗯，因為是人類製作的設定。

當我猶豫著是否該說出這個直截了當到了極點的回答時——

「喂，又恢復原來的模樣了吧！」

就聽見凜德的叫聲，我和亞絲娜以及大叔們隨即看向房間深處。

結果封印住一整片石板門的巨大滑塊類遊戲，應該從最下方脫離的大方塊又回到最上方的初期位置。這時牙王移動著周圍的直向長方塊，同時厚著臉皮說道：

「沒有進展就回歸原始，這是最基本的吧！」

「你剛才說沒有進展了吧！那就輪到我了！」

「我沒說！」

「說了！」

亞絲娜聽著這樣的對話，同時以再也受不了般的聲音表示：

「那兩個人其實感情很好吧。」

「或許喔……」

「桐人，你快點插身到那兩人之間，迅速把謎題解開吧。」

「等……等等，那個比封測時期多了一層耶。我所記得的順序無法解開……」

說到這裡，我才終於發現。

說是增加了一層，也不過是在最下方增加了四個能夠自由移動的小方塊，實際上無視其存在就可以了。把大方塊移動到原本是出口的位置，再把兩個追加的小方塊移到它旁邊的縫隙，那裡就會變成出口。

「那個……我過去一下……」

對著笑嘻嘻的亞絲娜與無聲笑著的艾基爾這麼宣告，我便橫越大房間朝著門靠近。

注意到腳步聲的牙王與凜德立刻往這邊看過來，然後同時想說些什麼，我便迅速舉起雙手，搶先一步開口表示：

「那個，這種益智遊戲除了暗記移動方法之外就沒有其他絕竅了。一開始先由我來移動，你們再好好記住，下次再遇見同類型的遊戲應該就能立刻解開了。」

結果兩個人便閉上張開的嘴巴，稍微看了對方一眼後，凜德點了點頭，牙王則是驕傲地表示：

「算了，既然你都這麼說了，那就讓給你吧。」

「那就失禮了……」

我靠近剛好牙王把它恢復成初期狀態的益智遊戲，靠著記憶開始移動起方塊。雖然說除了暗記之外就沒有其他絕竅，但真要說的話，最短的順序就是一開始先把直向長方塊集中到左右的某一邊，然後排到最上層。幸好途中沒有碰上什麼困難就慢慢把大方塊移到下方，到達原本是出口的地方。正如我剛才的推測，光是動了幾次就讓有蓋子的追加方塊完成脫離口，然後從該處把大方塊往正下方移動之後——

「喔喔……」

在玩家們這樣的騷動聲當中，整扇大門往地面沉沒，出現了新的通路。

「很好，我們走吧！」

牙王意氣風發地往前走，其他公會成員則跟在後面。

我之所以會主動前去幫忙，除了因為亞絲娜如此吩咐之外，其實還有另外一個目的。我配合通過的ＡＬＳ集團開始邁開腳步，靠近最後面的鬍子紳士般男性玩家。

「你好。」

偷偷向他搭話後，ＡＬＳ人才招募班的班長歐柯唐就稍微瞄了我一眼才小聲回答：

「辛苦了。」

「你們才辛苦吧。那個……我就不多說廢話，直接問重點吧……」

歐柯唐露出了疑惑的表情，我則是丟出準備好的問題。

「預定參加攻略這個迷宮的成員裡，有沒有到前一刻才忽然不參加的人呢？」

嘴裡雖然這麼問，但是我已經有幾成的把握應該會從歐柯唐口中聽到某個名字了。

就是那個口頭禪是「我知道」的喬先生，他第一層討伐完樓層魔王之後幫我取了「封弊者」這個綽號，在第二層批鬥犯下強化詐欺之罪的鐵匠涅茲哈，在第三層主張我和亞絲娜想要獨占精靈戰爭任務，第四層雖然沒有找麻煩，但是到了第五層又在魔王房間裡誣賴我想要成為公會旗的所有者。至今為止已經數次覺得奇怪，今天參加攻略迷宮的ＡＬＳ成員裡看不見他的身影又更加深了我的懷疑。

昨天晚上發動襲擊的黑兜帽二號和喬的共通點，也只有同樣為短刀使以及身高差不多。二號昨天在第五層的地下墓地裡也把斗篷兜帽整個拉下來，而喬平常也裝備著遮住整張臉的皮革面具，所以雙方都沒有露出臉過。雖說尖銳的聲音也有點像，但是面具類的防具會改變音質，所以做不得準。

而且第五層牙王確實曾經對著喬說「你帶來的公會旗情報確實是正確的」。也就是說喬擁有獲得封測時期情報的管道，而管道是封測玩家摩魯特的話一切就能說得通了。不過ＡＬＳ裡還是有其他幾名短刀使，而且還有摩魯特的例子，所以不敢保證二號在ＡＬＳ活動時不會更換主武器，如果這時候歐柯唐口中說出喬的名字，那麼原本是灰色的懷疑就相當接進黑色了。

「嗯……」

對我奇妙的問題絲毫不感到懷疑的歐柯唐，瞥了一眼視界左側的聯合部隊名單——然後立刻搖了搖頭。

「不，沒有更改預定的人。昨天開會時編組的成員全部都來參加了。」

「這樣……啊。」

雖然面不改色地點點頭，但是我內心卻感到相當失望。

昨夜的襲擊當中，摩魯特與二號應該早就計劃到自己的顏色浮標會變成橘色了。之後就算預定花一整晚進行恢復善惡值的任務把浮標恢復成綠色，二號也為了救摩魯特而失去了主武器「苦痛之短刀」。如果當時那個傢伙沒有把短刀丟過來，我就會在煙幕彈爆發前的一瞬間用劍把它彈到遠處去吧。

那把武器不愧是墮落精靈的獎賞，性能的確相當高，失去它之後戰鬥力將大大地降低，可能到今天早上之前都無法結束回復任務。如果二號是喬的話，就一定得擠出某個理由來臨時缺席今天的攻略——因為有這樣的想法才會提出這個問題，但是喬似乎事前就決定不參加了。

即使如此我還是為了獲得應該知道的情報而繼續問：

「那個……你們大概是幾點的時候召開那場會議？」

「因為是吃完晚餐之後，大概是晚上八點半左右吧……」

這時候歐柯唐才終於露出納悶的表情並且皺起眉頭。

「為什麼要在意這種事情呢？」

「啊，因為……昨天深夜在練功區看到好像是ALS成員的人在戰鬥，當時好像陷入苦戰，所以才會想問一下是不是沒有大礙……」

雖然自己都覺得是很牽強的說明，不過大致上不算是謊言。雖然絕對不能說出戰鬥對手是我和亞絲娜就是了。

但是歐柯唐沒有絲毫懷疑，像是要對我道謝般點了點頭。

「是這樣啊。謝謝你替我們擔心，不過沒有接到公會成員遇上麻煩的通知，我想應該沒問題才對。」

「那真是太好了。」

我也向他點頭，並且拚命轉動思緒。

會議是八點半的話，結束時應該超過九點了。然後摩魯特他們是在九點過後發動襲擊。如果二號和喬是同一人物，那就無法參加會議了。

雖然想知道喬是不是在會議現場，但提出這個問題實在太不自然了。說起來，就算沒有參加也只是加深疑惑，並沒有辦法獲得什麼確切的證據。

至少也得想辦法問出，至今為止絕對會參加魔王戰的喬，今天為什麼沒有參加迷宮攻略呢……正當我絞盡腦汁時。

「哦，看到下一個房間了！所有人做好戰鬥準備！」

隊列前方的牙王這麼大叫，ＡＬＳ成員們就各自拔出武器擺出備戰姿勢。判斷沒辦法繼續聊下去的我，向歐柯唐道謝後就退到後方。

讓ＤＫＢ成員從旁邊經過的我一回到隊伍最後方就立刻朝亞絲娜靠近。

「你在和歐柯唐先生說什麼？」

「我問他有沒有成員臨時缺席今天的攻略。」

光是這麼說亞絲娜就了解我的意圖，於是把臉靠得更近。

「結果呢……？」

「很可惜，他說沒有。」

「…………這樣啊……果然沒辦法這麼簡單就抓到狐狸尾巴嗎……」

「嗯。如此一來，今天還是要確實保持警戒比較好。」

「什麼意思？」

面對眨眼的亞絲娜，我也把臉靠了過去。

「其實要交代浮標變成橘色的理由應該不會太困難。只要說不小心把NPC捲入攻擊範圍內之類的，甚至可以讓公會成員幫忙回復善惡值的任務。之所以沒那麼做，就表示已經確實考慮到昨天晚上的襲擊失敗該如何善後了。就算可以瞞過公會成員，要是讓我或者亞絲娜活著知道ALS裡出現浮標橘化的成員，就能斷定那個傢伙一定是PK了……如果是如此縝密的計畫，當我們認為才剛過一天應該不會發動襲擊時，他們可能會反其道而行再次下手。」

「……原來如此，確實有這種可能。那也要特別注意自己的背後，然後……」

這時亞絲娜從至近距離瞪了我一眼，同時說出意想不到的發言。

「希望你修正剛才我或者亞絲娜活著的發言。」

「啥……？」

「其中一個人被殺掉的話，另一個人不可能會逃走吧？把發言改成我和亞絲娜。」

「呃，喔……」

我當然不打算丟下亞絲娜自行逃走，但可能會發生必須以自己當盾牌來讓亞絲娜逃生的狀況……心裡雖然這麼想，但說出口一定不只會被瞪而已，於是便輕輕點頭，正準備要修正發言的時候——

就從後面傳來有些低級的口哨聲……

「喂喂，好火熱啊！」

「北極的冰都要融化嘍！」

以及大叔軍團的羅巴卡與奈伊嘉的揶揄聲，不知道什麼時候已經和我肩並著肩的亞絲娜立刻離開我身邊。

——剛才那種叫聲，在莉庭和席娃達的那時候，我因為已經是國中三年級才忍住沒有叫出口的耶！

這時候我內心忍不住這麼想著。

當我們好不容易突破第四個大房間——房門上的益智遊戲依然是「箱中少女」，但是初期配置越來越困難，在牙王與凜德互不相讓的情況下好不容易全部克服——最後的大廳是巨大藤蔓植物型的魔王在等待著我們。雖然是從不斷長出的豆莢裡發射豆子炸彈的強敵，但是艾基爾與羅巴卡的雙手斧發動了特攻，最後從根部被砍斷而倒了下去並變成碎片四散。

由於我專心負責應付豆子炸彈，所以錯過了最後一擊獎勵，不過取得ＬＡ的艾基爾表示獎品是大量的豆子。加糖之後煮來吃說不定很美味喔，說出這種貼心的安慰後，我就在迷宮出口處和攻略部隊道別了。

ＡＬＳ與ＤＫＢ，以及大叔軍團朝向稍微能從西方地平線上看見的下一個城市前進，我和亞絲娜則另有目的地。第六層的黑暗精靈碉堡就存在於這個西北區域。

「……事到如今也不想再抱怨艾恩葛朗特的地圖設計了……」

在沒有道路的練功區走了幾分鐘後，亞絲娜就環視周圍這麼說。

「但是跟最初的區域只隔了一座山而已，這種變化也太誇張了吧。」

「沒有異議。」

我也點頭表示同意。

史塔基翁與斯里巴司所在的東北區域大部分是類似第三層的深邃森林，但是其左鄰的西北區域卻像是能成為西部劇舞台的紅褐色荒野。大量高低起伏的地表上幾乎沒有綠地，到處可見風化的石頭與特異外型的仙人掌突起。經常吹起的強風會捲起沙塵來掩蔽視界。

艾恩葛朗特裡雖然沒有餓死或者渴死，但如果是在現實世界的話，眼前的光景會讓人覺得是不帶個兩三瓶以上的水絕對無法進入的區域。我們的目的地是從這片荒野往北走四公里以上的近外圍部分。而且一路上都沒有像樣的道路，只能辛苦地繞過乾涸的山谷與岩山，與頻繁出現的怪物戰鬥。

這裡出現的怪物是巨大的蠍子、蜈蚣、避日蛛等等女孩子完全無法接受的傢伙，幸好我的搭檔亞絲娜面對這些怪物時不像幽靈系那樣害怕。當就連我也不想吃的蠍尾或者避日蛛的螯肢等素材道具開始壓迫道具欄的容量時，我的等級終於來到了20級大關。

「呀呼！」

在升級特效光包圍身體的瞬間，我便舉起右拳垂直跳了起來，稍早之前升上19級的亞絲娜看見後就後退了五十公分左右。

「搞……搞什麼啊，這不符合你的個性吧。」

「錯了，升上等級6和12的時候我也這麼做了。」

聽見我的回答，亞絲娜臉上這才浮現能夠接受的表情。

「噢，技能格子又增加了……這樣應該跟你說聲恭喜。」

「呀呼！」

「好啦好啦。那第五個技能你要選什麼？」

「Mamma Mia！」

不斷以興奮的口氣回答後，感覺搭檔的眼神變得更加冰冷，於是我乾咳了一聲後就重新回答：

「現在選的是『單手直劍』、『體術』、『搜敵』和『隱藏』……接下來不是『飛劍』就是『奔馳』吧……」

「我推薦奔馳喔。可以縮短移動時間，單純用來奔跑也很舒服。」

「嗯，那也是我喜歡的技能……」

這麼回答之後，就想組成搭檔已經一個月了，對方應該不會介意才對，但我還是有點畏縮地提出了問題：

「……那個，亞絲娜除了『細劍』、『輕金屬裝備』、『裁縫』和『奔馳』之外，另一個選了什麼技能？」

剛升上等級19的亞絲娜應該只有四個技能格子而已，但是使用目前大概世界上只存在一個的超級稀有道具「卡雷斯．歐的水晶瓶」，實際上可以運用五個技能。但使用瓶子來切換的應該是裁縫與奔馳，剩下來的一個格子上配置了什麼技能一直是個謎。

聽見問題的亞絲娜，眨了三次眼睛後就做出迅速把視線往斜上方移動，並且噘起嘴唇這種意料之外的反應。我想著「這是怎麼回事」並繼續等待，結果就得到更加出乎意料的答案。

「嗯……你聽了會生氣所以我要保密。」

「啥……啥啊？妳說生氣……是我嗎？等一下，我不會生氣啦……不論要選擇什麼技能都是個人的自由……」

「說這種話的老師最會生氣了。」

「什……什麼老師……」

——嗯，或許真的是這樣。不對，我又不是老師。

像是看準我說不出話來的空檔一般，亞絲娜嚴厲地以食指對準我來展開逆襲。

「現在不是在說我的事情吧，剛才明明談到桐人準備選擇什麼樣的技能。」

「啊，是……是啦……嗯，我想不是飛劍就是奔馳，不過暫時保留……」

「了解了。好啦，差不多該開始移動了。」

或許是很不想被問到第五個技能吧，亞絲娜沒有指責我的優柔寡斷，點了點頭後就把視線朝向北方。

我們從好一陣子之前，就一直在類似美國猶他州一般的沙底峽谷移動——說是如此，我也沒去過現地，只是在電影裡看過。這邊一帶是錯綜複雜的相同地形，即使打開地圖也只知道前進方向，要到達目的地就得突破這個天然的迷宮。

只要知道正確路線，就有不理會怪物直接跑過去的方法，但就算是封弊者的我，也無法完美地記住三個月前只往返過一次的迷宮。於是便按部就班地處理從岩壁裂縫中衝出來的蠍子、蜈蚣、蒙古死亡蠕蟲般怪物，當照射到谷底的光線慢慢變強時，前方終於可以看見人工物了。

急遽變寬的山谷兩側聳立著無數石柱，細緻的沙土上鋪設了如橋梁一樣的石板。石板前方聳立著一座巨大的門，上部則有無數畫著熟悉彎刀與角笛圖案的旗幟在飛揚。

「……嗚哇，好大喔……」

經過連續戰鬥後總算是露出疲憊疲憊表情的亞絲娜凝視著遠方城門如此呢喃著。就等級上來說雖然仍是相當寬裕的區域，但是幾乎所有怪物都有毒性，而且持續警戒PK的襲擊也讓精神的疲勞倍增。

對於PK集團也不能一直保持被動的態度。必須思考主動清除威脅的方法才行……這麼想的我舉步踏上沙土上的橋。

「那座『嘎雷城』是黑暗精靈的碉堡當中最為巨大的。建築物本身雖然不像約費利斯城那麼豪華，但是附設了餐廳與澡堂喔。」

「咦，有澡堂嗎？」

雖然不至於發出「呀呼！」的聲音並跳起來，但亞絲娜原本剩下三成左右的元氣指針瞬時恢復到七成左右，於是就提升了步行的速度。我趕到她旁邊，猶豫了一下後就繼續追加了一些情報。

「……只不過，餐廳雖然不錯，但是感覺上澡堂好像就有點問題……」

「……什麼問題？」

「嗯，那裡其實是公開性空間……」

或許是無法立刻理解我所說的話吧，亞絲娜重複了一次「公開性……？」之後才整個繃起臉來。

「那是暫時性空間的相反詞吧？也就是並非我們專用的空間，其他玩家也可以進來嘍？」

「正是如此。與黑暗精靈相關的地點，就只有第九層裡女王大人所在的城堡，以及那座嘎雷城是公開性空間……或許是要同時生成許多如此大的碉堡還是城堡實在太困難了吧……」

「第四層的約費利斯城也夠大了吧。哎，就算抱怨也沒用就是……總之餐廳和澡堂可能會有其他玩家進來就對了。」

感覺似乎能聽見亞絲娜的元氣指標不斷減少的聲音，我便急忙補充：

「嗯，只是說有這種可能性，實際上只有進行精靈戰爭活動任務並且選擇黑暗精靈這一邊，然後進度還跟我們一樣的玩家才能通過那道門。目前這個時間點應該沒有任何其他玩家，所以妳不用擔心，盡量去洗澡沒關係……不然也可以跟第三層時一樣，由我待在外面把風……」

結果亞絲娜有好一陣子露出猶豫不決的表情，最後突然一臉認真地說：

「既然是黑暗精靈的城堡，那麼那裡當然是圈外吧？」

一瞬間嚇了一跳的我，抬頭看著已經相當接近的城門。眼裡雖然看不見絕對能保護玩家的ＨＰ，也就是生命值的禁止犯罪指令，但還是能感覺到包圍城堡的空氣與人類的城市不同。我把臉移回來緩緩點頭。

「嗯……應該是這樣。所以就系統上來說，摩魯特他們是可以在那裡面襲擊我們。但是剛才也說過，想這麼做就必須要進行黑暗精靈這邊的任務。我不認為那些傢伙有這麼多時間……至少潛伏在ALS的那個喬，不對，是短刀使絕對辦不到。」

聽見我差點說漏嘴的名字，亞絲娜只是動了一下右邊的眉毛就沒有其他反應，相對地還提出意想不到的名字。

「……如果詢問約費利斯子爵，摩魯特他們是不是幫黑暗精靈做事，你覺得他會告訴我們嗎？」

「嗯……嗯～～……」

我在下意識中停下腳步，雙手環抱胸前發出沉吟片刻，然後才搖了搖頭。

「不……約費利斯城是暫時性空間，所以每個進行任務的小隊都會遇見自己的約費利斯子爵。在『我們的約費利斯子爵』的認知裡，應該沒有其他幫助黑暗精靈的人了。」

「這樣啊……──我果然無法喜歡這種結構。」

聳聳肩後，亞絲娜就仰頭看著高大的城門。

「那麼，進入城裡也得保持警戒才行呢。好了，我們走吧。」

「嗯。」

互相用力點點頭後，我和搭檔就走過剩下的石橋，站到由一整塊岩石雕刻而成的城門前。

至今為止訪問過的野營地或者碉堡，入口前面一定會有衛兵，但這座嘎雷城因為某種理由而幾乎沒有精靈會來到城外。相對地，這時候從城門上方的凸窗降下尖銳的聲音。

「快點離開！」

「這扇城門不會為人族而開！」

我以手勢來回應比約費利斯城時更加嚴厲的發言。高舉起戴在左手上的銀戒——約費利斯子爵贈予的「留斯拉之認證」後，凸窗裡的衛兵就朝後面做出某種信號。立刻有「喀啷、喀啷」的清澈鐘聲傳遍城裡，城門也開始緩緩移動。

由於必須等待將近一分鐘城門才會完全打開，因此當出現足夠讓一個人通過的縫隙時我就推著亞絲娜的背部，然後自己也跟著入內。兩個人跨越境界線的瞬間，城門就開始往反方向移動，在傳出地鳴聲的情況下再次關閉。

往前走三步後停了下來的亞絲娜發出「嗚哇啊……」的感嘆聲。

嘎雷城是建築，或許應該說雕刻在直徑足有兩百公尺的正圓形窪地上。三層樓的城廓延著窪地內圈劃出弧形，不過它們並非由石頭或者木材所建造，而是把自然的岩壁雕刻成古代遺跡般的建築物。

被由東到北，再到西方畫出C字形的城廓包圍的空間是一片鋪設馬賽克地磚的廣場，可以看見黑暗精靈衛兵與傭人靜靜地往來其中。目前還沒看到其他玩家的身影。

聳立在廣場中央的是一棵巨大的闊葉樹。我們所經過的荒地和峽谷裡除了茶色仙人掌之外就看不見其他植物，但是巨樹的枝椏上長滿了青綠色葉子，根部的巨大泉水在從葉縫射下來的陽光照耀下發出金色光輝。

巨樹根部開了一個龐大的樹洞，凝眼一看就能發現其深處閃爍著微弱藍光。注意到這一點的亞絲娜小聲呢喃著：

「啊……那是『靈樹』……？」

「嗯，這座城裡面有靈樹喔。」

靈樹是黑暗精靈與森林精靈往來於各層時使用的傳送裝置，就類似人族也就是玩家所使用的轉移門。但是轉移門一定會位於主街區的正中央，靈樹則大多遠離精靈城堡或者碉堡，我一開始也對這種情況感到很不可思議。

由於靈樹怎麼說都是生物，所以壽命有限，大約一百年就得改朝換代一次，似乎就連精靈們也不知道新的靈樹會長在哪裡。但是這個第六層的靈樹卻是少見地長壽，從嘎雷城建築起來的數百年前就完全沒有枯萎而一直活到現在……當我向亞絲娜陳述這些預備知識時。

突然間，我們左側，也就是城廓西翼的門發出巨大聲響打了開來。看向該處的亞絲娜，臉上立刻綻放閃亮的笑容。

「亞絲娜！桐人！」

邊喊著我們的名字邊衝過來的是身穿黑鋼鎧甲與淡黑色披風，左腰上掛著流麗軍刀的女性騎士。肌膚是光亮的褐色，剪齊的短髮則是紫灰色。

亞絲娜往前走了幾步並且大大張開雙臂。騎士毫不猶豫就撲進她懷裡，雙臂也跟著繞過劍士背部。

緊抱了五秒以上後騎士才移開身體，接著對我打開雙臂。原本只打算要握手的我雖然有些動搖，還是壓抑下害臊的心情和對方擁抱。腦袋角落閃過「因為是隔著重金屬裝備所以沒關係」這種意義不明的念頭。

騎士同樣維持了五秒鐘的擁抱狀態才打開雙臂，往後退了一步拍打我的肩膀。短短三天前才分開，卻有一股許久不見的感慨襲上心頭，我就在這樣的心境下呼叫留斯拉王國槐樹騎士團的近衛騎士，同時也是我們好友的黑暗精靈美女的姓名。

「基滋梅爾，能見到妳真是太好了。」

「我也是啊，亞絲娜、桐人。你們來得好……要徒步跨越這片乾枯的土地，一定很辛苦吧。」

亞絲娜笑著回應騎士的慰勞。

「能和基滋梅爾見面的話，這點路途根本不算什麼。」

「能聽妳這麼說我也很高興。好了，到城裡洗去長途跋涉的塵埃吧……雖然很想這麼說，

不過在那之前還是得先去跟城主打聲招呼。抱歉，我知道你們很累了……」

「不會，來這裡打擾本來就該如此。」

聽見我的話後，基滋梅爾就以很不好意思的表情點點頭，說了句「我們走吧」就開始橫越廣場。

現在回想起來，在第三層的野營地、第四層的約費利斯城，以及第五層的夏亞村裡都遇到過ＮＰＣ黑暗精靈，他們雖然不至於對我和亞絲娜顯示敵意，但態度基本上都很冷淡。不過為了他們完成幾個任務之後或許是逐漸獲得認同了吧，跟昨天到訪的野營地一樣，在廣場上擦身而過的衛兵或者傭人們全都對我們輕輕點頭致意。當然也有可能是因為跟精英騎士基滋梅爾走在一起，不過我還是一邊回禮一邊穿越靈樹泉水的左側來到城廓正面。

碉堡的主館比兩翼高出一層樓，另外也比包圍窪地的山崖凸出五六公尺左右。雖然封測時期也曾經來過這裡，但是承接與報告主要任務之後就立刻朝下一個區域前進了，所以沒有什麼印象。

但是從衛兵守衛的大門進入主廳的瞬間，我就和亞絲娜一起發出驚訝的嘆息聲。

從紅褐色砂岩雕刻出來的嘎雷城，外觀的設計雖然還算講究，雖然結構完全相同，但感覺不到約費利斯城那樣的美感。不過屋內卻由黑色與象牙白為基調的磁磚完成精妙的裝飾，沒有任何遺跡的模樣。感覺封測時期的內裝應該更簡樸一些，看起來是在正式營運之前的這段期間

ARGUS的程式設計師，甚至是黑暗精靈們自行努力的成果。

橫越一塵不染的大廳，爬上雙重螺旋大階梯來到三樓的城主辦公室。嘎雷城的城主，梅朗．嘎茲．嘎雷伊翁伯爵是在精靈裡相當罕見的美髯大漢，但是不像約費利斯子爵那麼有人味——這時候或許應該說精靈味——只是引用劇本裡的台詞來歡迎我們，並且給我們一個主任務與三個副任務。

從城主的房間出來之後，不只有我和亞絲娜，連基滋梅爾都鬆了一口氣。我忍不住認真地凝視著她的側臉，結果騎士就露出有點尷尬的微笑。

「因為我是平民出身。自從接下回收祕鑰的任務之後，與諸貴族見面的機會就增加了，不過這不是那麼容易就能習慣的事情。」

「哈哈，我也是平民，所以在偉人面前會緊張。至於亞絲娜我就不清楚了。」

讓人懷疑其實是豪門千金——不過倒是動不動就出手——的細劍使，立刻輕戳了我的側腹一下並表示：

「我當然也是平民啊，剛才我也很緊張呢！」

「呵呵呵，你們感情還是這麼好——那麼，我先帶你們到房間去吧。」

基滋梅爾用左右手推著我們兩個人的背部，開始在沒有窗戶的走廊上往西邊前進。

我們被帶到城堡西翼三樓的一間客房裡。一打開門就從並排在正面牆壁上的菱形格子窗看見正往地平線——不對，是艾恩葛朗特外圍開口部分下沉的火紅太陽。

「嗚哇，好棒的房間！」

亞絲娜在房間中央轉了一圈並發出興奮的聲音，基滋梅爾則是從她背後開口表示：

「比約費利斯城的客房窄了一點，你們就稍微忍耐一下吧。這已經算是嘎雷城第二好的房間了。」

「別這麼說，一點都不狹窄喔！這張沙發根本可以坐五六個人吧！」

看來似乎也是家具愛好者的亞絲娜，才剛解除武裝就立刻一屁股坐到畫出優美曲線的木框長沙發上。露出微笑的基滋梅爾也解下軍刀坐到她旁邊，我在消除愛劍與防具後則坐到與兩人相對的扶手椅子上。

在主街區史塔基翁時，ＤＫＢ的凜德為了商談公會旗一事而租下天馬蹄鐵亭的總統套房，那個房間雖然也很豪華，不過這裡不愧是伯爵的城堡，內裝的質感以及坐墊的彈性都比那裡高出一級，不對，應該是兩級。一想到抵達這座城堡的玩家就只有我和亞絲娜，就覺得真的有點奢侈……這麼想之後，就注意到有一件應該率先確認的事情。

「那個，基滋梅爾……」

「什麼事？」

我慎選用詞遣字，對著正把準備在矮桌上的水果裝到盤子上的騎士說道：

「那個……除了我們之外，現在還有其他人族來到這座嘎雷城嗎？」

下一刻，亞絲娜也露出嚴肅的表情。

但是基滋梅爾的回答相當簡單。

「不，沒有其他人族。」

「這……這樣啊。抱歉問了這麼奇怪的問題。」

我放鬆肩膀的力道，捏起放在面前盤子上那種星形水果，就在這個時候。

「——但是，我曾經聽說除了你們之外，也有其他幫助我們留斯拉之民的人族劍士。這樣的話，將來應該會有機會見面吧。」

基滋梅爾繼續這麼表示，我則是以要把水果放進口中的愚蠢姿勢僵在現場。

這款死亡遊戲開始到現在很快地已經過了將近兩個月的時間，第三層開通後也過了兩個星期以上，就算有在精靈戰爭任務裡面進行黑暗精靈方任務的其他玩家也不是什麼奇怪的事。但是，萬一那要是摩魯特他們的話，嘎雷城將沒有可以阻止他們惡意的禁止犯罪指令。

摩魯特毫不猶豫就斬殺了史塔基翁的領主賽龍。這樣的話，只要有必要，他也會對這座城堡的黑暗精靈……沒錯，他會沒有一絲遲疑就攻擊基滋梅爾。單純看戰鬥力的話，基滋梅爾應該能輕鬆贏過摩魯特他們，但是絕對不能小看ＰＫｅｒ在暗黑面的創造性。

果然還是要盡快完成來到這座城堡的真正目的。這麼想的我對亞絲娜使了個眼色後，就把右手的水果丟進嘴裡，再用那隻手打開視窗。

從精靈們稱為「幻書之術」的道具欄中取出來的是在設計上同樣充滿惡意的雙刃短刀與兩根飛針。瞥了一眼並排在桌子上的兩種武器，基滋梅爾就瞬間繃起臉來。

「……桐人，那是……？」

「嗯……我和亞絲娜昨天晚上被同樣是人族的雙人組襲擊了。這些就是那兩個傢伙掉落的武器……」

基滋梅爾的腰部立刻從沙發上抬起並且大叫：

「被襲擊了？只是一般的強盜，還是……」

「啊……我想他們是想殺掉我們……」

「…………你說什麼……！」

感覺黑暗精靈的縞瑪瑙色眼睛裡燃起藍白色火焰。

她緊握住立在沙發側面的軍刀，迅速站起來大叫：

「只要我在現場，一旦遇見那樣的傢伙，一定立刻將他們斬首！桐人、亞絲娜，今後別回人族的城市，一直跟著我行動吧……」

「呃，不要緊，不要緊啦。」

好不容易安撫激昂的基滋梅爾，讓她坐下來後，我就再次用右手指著桌上的凶器。

「我和亞絲娜幾乎沒有損失H……不對，是幾乎沒有受傷就把他們擊退了——不過，那群傢伙很纏人，一定還會找機會襲擊我們。問題是那些傢伙使用的武器……尤其是這邊的淬毒飛針。基滋梅爾，妳看見之後有沒有相關的情報可以告訴我們……？」

一口氣把該說的話全部說完，我就把一支飛針滑到騎士前方。

「…………」

再次把軍刀靠在沙發上之後，基滋梅爾就用指尖把飛針高舉過頭部，然後對準從窗戶照射進來的夕陽。

「……不是鋼鐵製。應該是加工生物的刺之類的東西所製成。」

聽她這麼說的亞絲娜探出身子，以食指敲打留在桌子上面的飛針。屬性視窗浮現出來後，亞絲娜就唸出裡面的附加說明文給騎士聽。

「基滋梅爾，這裡用人族的言語寫了這樣的內容。『墜落之精靈將軍諾爾札挑戰邪龍修馬爾戈亞，將其滴落恐怖毒液的尖刺全部砍下』……」

「諾爾札……修馬爾戈亞……！」

基滋梅爾再次抬起腰部，像被彈開般遠離右手的飛針。但是立刻恢復冷靜，以慎重的手勢把它放回桌上。依序看了我和亞絲娜的臉之後，就端正坐姿開始說道：

「……修馬爾戈亞是精靈傳說裡面登場的惡龍。很久很久以前……精靈、人類和矮人一起生活在大地上的時候，一隻喜歡惡作劇的小蛇趁著女巫大人不注意爬上黑色聖大樹，咬了一口長在枝椏前端的果實。蛇雖然獲得永遠的生命，但是卻受到吃進嘴裡的東西全都變成毒的詛咒。每當吃下什麼東西蛇就會痛苦地掙扎而死，然後藉由神聖果實的力量復活。數百年來不斷重複同樣的過程，曾幾何時蛇就變成了巨大且醜陋的毒龍並且襲擊村莊與城市。但是最後被人族的英雄賽魯姆打敗，逃往遙遠北方的冰雪之地……」

基滋梅爾清晰的聲音逐漸淡去後，我和亞絲娜就同時輕呼出一口氣。她抑揚頓挫相當豐富的描述聽起來實在很舒服，我只能先壓抑下想求她「再多說一點！」的心情。

「……嗯，總覺得聽起來有點可憐，那隻蛇也不是故意要去咬聖大樹的果實吧……」

亞絲娜搖著頭這麼呢喃，基滋梅爾也用力點著頭。

「據說吃下聖大樹的果實可以獲得永遠的生命，喝下樹汁則可以獲得不滅的肉體，但也因此而造成許多不幸的故事。其他還發生過這樣的事情。有一名任務是在每年柊樹之月，也就是人族所說的十二月底把禮物分贈給小孩子的聖人。他在某一年不小心得知應該送給人族一名貧窮生病少女的禮物是聖大樹果實的碎片。實在無法壓抑好奇心的他打開禮物的箱子，就看見裡面裝著美到無與倫比的晶石。聖人想把那顆晶石占為己有，結果幾萬名孩子當中，就只有少女沒有得到禮物。有晶石加護的話應該可以活下來的少女沒有辦法迎接明年就殞命，聖人因為受到詛咒而發瘋，永遠徘徊在絕對不會天明的夜晚當中……」

「……其他故事也都是這種結局嗎？」

聽見亞絲娜這麼問道，基滋梅爾就輕輕聳聳肩。

「嗯，大概都是這樣。聖大樹的恩寵是絕對不可自己強求的東西。」

「我記得墮落精靈之所以會被流放，也是因為想要採集聖大樹的樹液吧。」

我一這麼插嘴，亞絲娜就露出恍然大悟的表情。

「對喔，墮落精靈也被流放到北方盡頭去了。那麼，就算在那裡遇見修馬爾戈亞也不是什麼不可思議的事情……等等，難道說那個叫作諾爾札將軍的精靈，是從艾恩葛朗特出現之前就活到現在……？」

一聽見這句話，基滋梅爾就以苦澀的表情默默點頭，於是我便畏畏縮縮地問道：

「那個，說起來……艾恩葛朗特大概是多少年前出現的啊？」

「……嗯，關於這一點，我們近衛騎士也不是很清楚。約費利斯閣下也曾經說過，繼承大地切斷與六把祕鑰所有傳說的就只有女王陛下一個人。關於這座浮遊城誕生的時代，我們也只聽過是在遙遠的古代。」

騎士說到這裡就暫時閉上嘴巴，靜靜觸碰著披風的環扣。

「……不過我聽說女王陛下與森林精靈之王都是相當長壽的存在。這樣的話，率領墮落精靈的那個男人，或許也活過相當久遠的一段時間吧……但就算是這樣，我也不會懼怕他。」

雖是相當可靠的發言，但我還是不想遇見基滋梅爾必須跟諾爾札將軍戰鬥的發展。雖然完全不懷疑騎士的實力，但是光是回想起從近處看見諾爾札的時候，我的呼吸就變得有些急促。就算把至今為止打倒的五隻樓層魔王加進去，那傢伙依然是最恐怖的對手。

雖然應該不是感受到我的膽怯，但是基滋梅爾的黑色眼睛卻一直凝視著我，然後才再次把手朝著桌子伸去。這次拿起來的是二號所掉落的黑色武器──「苦痛之短刀」。

和拿著飛針時不同，基滋梅爾只是翻看了一次短刀就立刻如此斷言。

「不會錯了。這是墮落精靈使用的武器。」

「光看就知道嗎？」

面對瞪大眼睛的亞絲娜，騎士指著單薄刀身的底部說：

「妳看，這裡刻有淡淡的紋章吧。」

「咦！」

我也跟著發出聲音。在斯里巴司的旅館調查時竟然粗心到沒有發現，心裡這麼想並探出身子往刀身看去，就發現在夕陽照耀之下，刀柄上面一點的地方浮現出極為纖細的橘色刻紋。圖樣是……兩條曲折的線重疊在一起形成三個菱形，不過完全不清楚代表什麼意思。

「這是什麼意思……」

聽見亞絲娜的呢喃，基滋梅爾便回答：

「據說是表示冰與雷。」

「哦……」

兩名人族同時發出聲音。

黑暗精靈的紋章是彎刀與角笛，森林精靈是盾牌與直劍，然後墮落精靈是冰與雷。如果是其他遊戲的話，墮落精靈應該會擅長冰魔法與雷魔法吧，但很可惜的是——不對，應該說幸好SAO裡頭不存在魔法。

把短劍放回桌上，基滋梅爾就把纖細的雙臂環抱在胸前。

「這些確實是墮落精靈的武器。在第三層和第五層戰鬥過的墮落精靈，所持的劍上面也刻有同樣的紋章。但是……我看到的紋章不只有刻出線條，上面應該還鑄入了銀。」

「嗯……聽妳這麼一說，好像真的是這樣……」

雖然亞絲娜也點了點頭，不過老實說我真的無法記得那麼清楚。但是不認為身為AI的基滋梅爾會看錯，所以就繼續開口表示：

「也就是說……這把短劍比不上之前戰鬥過的墮落精靈們所持的武器嘍？」

「應該是吧，但也不能如此肯定。這恐怕是可以給予異種族協力者的武器……所以襲擊你們的人族惡徒並非殺了墮落精靈來奪取這把短刀，他們應該是接受贈予者。」

「…………」

我和亞絲娜今天早上閱讀苦痛之短刀的說明文時，已經討論過這種可能性。但是現在因為基滋梅爾的發言，讓我感覺曖昧的推測已經極為接近事實。

摩魯特和二號與墮落精靈並非敵對關係，他們應該是發現協助墮落精靈的路線了。這樣的話，應該判斷他們或許可以繼續獲得危險至極的毒飛針。想和那些傢伙繼續戰鬥的話，就必須盡早發現對付等級2麻痺毒的辦法。

認為應該提出第二個主題的我吸了一口氣。但是在我開口之前。

「不過你們不用擔心。剛才也說過，只要待在我身邊，就絕不會讓那些賊人靠近你們。」

基滋梅爾堅定地這麼表示，然後輕拍一下身邊亞絲娜的左膝蓋後就站起來。

「啊，基……基滋梅爾，我還有話……」

我急忙這麼搭話，但騎士沒有坐回沙發上，反而催促我們也站起來。

「其他等洗去旅途的塵埃後再聊。你們兩個在來到這座碉堡前，應該蒙上許多沙塵吧。」

聽見她這麼說的瞬間，亞絲娜的雙眼就變成愛心，不對，應該是變成溫泉的符號了。如此一來就再也沒有人能夠阻止她。

急忙把桌上的武器丟進道具欄後，我們兩個人就從後面追上去。

封測時代來到這座嘎雷城時，我曾經在建築物裡逛過一圈。那時候當然沒有入浴，不過還記得澡堂的位置。

但是基滋梅爾沒有走向我記憶中的東翼二樓，而是開始走下西翼中央的樓梯。覺得奇怪的我還是跟了上去，結果經過一樓之後還是繼續往下。難道不是要去澡堂嗎，說起來封測時代根本就沒有地下層……我雖然露出狐疑的表情，但是騎士的腳步沒有一絲迷惘。

階梯在地下一樓結束，變成了鋪設地磚的走廊。在不可思議顏色的油燈照耀下往前走，就感覺冰涼的空氣慢慢變暖和。

最後前方右側的牆壁上出現一扇大門。雖然沒有寫著「湯」的暖簾，但是從打開的門裡流出白色水蒸氣，所以絕對是澡堂不會錯。在現實世界裡，要是讓地下層籠罩在水蒸氣當中就會到處發霉，到時候處理起來會很辛苦，但是虛擬世界裡不存在微生物和病毒──應該啦。

基滋梅爾與亞絲娜鑽過門口後，我便停下來對著裡面搭話：

「那我在這裡等。」

結果迅速回頭的騎士就像感到很遺憾般對我招手。

「桐人，你在說什麼啊，你也來一起洗啊。」

「沒有啦……也不好意思又像約費利斯城那樣要兩位穿上泳裝……而且，萬一剛才提到的賊人來襲就不得了了……」

結果亞絲娜就因為被夾在只有自己入浴的愧疚，以及不穿泳衣泡澡的欲求之間而露出相當微妙的表情，但基滋梅爾倒是毫不猶豫就堅定地表示：

「不用擔心賊人的襲擊。這座碉堡只能夠從南邊的城門進入，而那扇門打開時就會傳出城裡任何地方都能聽見的鐘聲。然後也不用擔心另一件事情。」

「咦……？」

「來，你看仔細一點。」

騎士抓住我的左手，把我拖到門裡面去。

該處是裝飾著大量觀葉植物的休憩所般房間，左右牆邊擺設了藤椅與桌子，桌上還準備了水壺與玻璃杯。可能是時間還早吧，裡面看不見其他黑暗精靈的身影。然後深處的牆壁上有兩扇似乎是通往澡堂的藤門。左邊的門上浮現○符號，右邊門上則浮現□符號。

「這座碉堡的澡堂很寬敞，所以男女的入口不同。因此桐人和亞絲娜在這裡都不用換上泳裝喔。」

「原……原來如此……」

我這才鬆了一口氣。如果是這樣，我也不是討厭洗澡，當然很高興能夠享受寬敞的澡堂。

「那麼等會兒見了。」

露出微笑的基滋梅爾和默默揮了揮手的亞絲娜消失在浮現○符號的門後面，我也推開□符號的門然後往前進。結果裡面果然是我所想的脫衣處，除了裝衣服的藤籃之外還準備了掛鎧甲的地方，這一點確實很像是奇幻世界。但是我能夠使用幻書之術，所以就以裝備解除按鍵把衣物收進道具欄。再次確認周圍沒有人影之後才消除最後一件衣物。

以拿來取代衣物的白毛巾鞏固最低限度的防禦後穿越深處的房門。鋪設地磚的通道立刻往左轉，其前方是——

「哦……」

一片令人忍不住發出這種聲音的幻想般光景。

半徑應該有十公尺的巨大巨圓頂型空間。緩緩彎曲的牆壁與天花板是看得出鑿痕的岩盤，但這樣反而醞釀出天然溫泉的味道。牆壁上也等間隔設置了壁龕，裡面油燈的火焰正溫柔地搖晃著。

圓頂空間底部盈滿乳白色混濁熱水，從天花板正中央往下垂的粗大藤蔓狀物體一直延伸到熱水處。這個圓頂空間應該位於地上廣場的正下方，那根藤蔓就是靈樹的根了。

把毛巾收回道具欄，從階梯狀的邊緣把腳伸進熱水裡後，溫熱感就緩緩傳遞到頭頂，讓我再度發出「呼咿～……」的聲音。由於水還太淺，沒辦法把整個身體浸到水裡，於是我就撥開漫延著水蒸氣的水面朝著中央前進。

水深在根部附近終於抵達腰部，就在我準備要整個人泡進去的那個時候。

飄盪在前方的雪白塊狀水蒸氣就緩緩分向左右，在令人大吃一驚的近距離下出現一道新的人影。由於是在水深及腰的熱水當中所以無法立刻飛退，我只能把雙眼瞪大到極限。

雖然我是和什麼規律啦、自我抑制或者自我規範扯不上關係的人，但是我還是對自己訂下了幾個準則。

其中之一就是盡量不去想「那時候如果這麼做或者必須這麼做」。雖然為了不重蹈覆轍而分析原因是很重要的事情，但是像「早知道就不那麼說」、「如果能想到那個點子就好了」、「應該早點寫功課」這樣持續後悔且悶悶不樂只是浪費時間與精神上的資源。

雖然擁有這樣的準則，但是只有在這個零點幾秒的瞬間，我忍不住羅列出數量龐大且沒能做出選擇的選項。

只要滿足於澡堂的角落。只要注意到大浴場是圓頂狀的理由。再多想一下基滋梅爾「男女的入口不同」發言是什麼意思。或者至少——

至少這個時候立刻閉上眼睛並往後轉，主張「什麼都沒看到——！」的話，或許就會有不一樣的發展了吧。

但是實際上我只是瞪大了眼睛，仔仔細細地凝視了站在短短七十公分前方的女性那裝備完全解除狀態的虛擬角色三秒鐘左右。視線在自動瞄準狀態下移動，從最初映入眼簾的鎖骨附近下降到浸在白色熱水裡的腰骨附近，然後再次上升，最後終於看向對方的臉。

現在這座嘎雷城，除了我之外就只有另外一名玩家。因此跟我一樣瞪大雙眼的當然就是暫定搭檔經歷一個月的細劍使亞絲娜大小姐了。

——這樣啊……雖然歷經各種辛勞，不過一個月就打倒五隻樓層魔王了呢。照這樣下去，一月中或許可以到達第十層吧。

當我進行這種逃避的思考時，眼前亞絲娜的臉就從脖子到下巴，然後再到鼻子這樣的順序染上漂亮的火紅色。當這樣的顏色到達她挽起的瀏海髮際的瞬間……

「嗯咕嗚！」

亞絲娜就隨著壓抑的低吼聲一邊飛濺水花一邊高高舉起右手。往上看著緊緊握住的拳頭，我便想著「嗯，這時候也只能乖乖地挨揍了」……

——等一下等一下。

怎麼能乖乖挨揍。因為這座城堡是在禁止犯罪指令保護的圈外。等級19的亞絲娜要是全力毆打零防具的我，我的ＨＰ一定會因此減少，而她的顏色浮標就會變成犯罪者的橘色。平常在圈內吐嘈時她都很靈巧地調整了力道，但現在怎麼看都是處於解除封印狀態。

「等……等一下！」

我雖然立刻這麼大叫，但是化為憤怒鬼神的亞絲娜已經聽不進人話了。

「嗯嗯嗯嗯咕嗚嗚——！」

在拳頭即將隨著咆哮聲揮出之前，我就實行了讓搭檔免於橘化的唯一選項。

不往後退而是往前倒，同時以雙臂抱住亞絲娜的身體。直接倒到熱水裡面。「嘩啦」一聲濺起高大的水柱，不對，應該說是熱水柱後，我們就泡在深九十公分左右的白濁熱水裡。

我拚命壓住即使在水中還是發出高周波悲鳴並且準備發飆的亞絲娜，雖然想大叫「浮標會變成橘色喔！」，但是嘴裡只能發出「波吥嗯嗶嗶啪啪嗚嘎波嘎波咕波」的怪聲，連自己都聽不懂到底在說些什麼。

雙方的ＨＰ條上當然都亮起溺水圖示，而且兩個人都在咕嘟咕嘟說著話的狀態之下，ＨＰ很快就會開始減少了吧。由於當然不能因為這種丟臉的理由而死，我就在抱著亞絲娜的情況下努力讓兩個人的頭部浮出水面。認為這是最後的機會而準備再次大叫「會變成橘色……」的瞬間——

猛烈的冷水就像瀑布般從頭上淋下，算是真的從頭潑了我和亞絲娜一盆冷水。

不知道發生什麼事，只能在緊貼狀態下僵住不動，結果晚了一些進入浴室——大概是脫鎧甲花了一點時間——的基滋梅爾，就看著在熱水裡擁抱的我們說：

「哎呀哎呀，感情很好嘛。」

黑暗精靈當然也是在全無裝備狀態，但是我已經沒有多餘的氣力去想這件事情了。

之後聽說的是，嘎雷城的靈樹會不斷從根部吸取地下的溫泉水，把水分傳遞到所有枝葉上之後經常會像下雨般滴下水來，所以根部才會出現泉水。然後冰冷的泉水再一點一點滲透進岩盤，數十分鐘會形成一次瀑布注入地下溫泉當中。

雖然是令人懷疑其可能性的構造，但不論如何這次就是這樣的構造把我們從橘化危機中解救出來。一時升等為鬼神的亞絲娜，在想起這裡是圈外的同時似乎就理解我採取行動的理由，變換了五六次表情之後就說了句「剛才是我不好」並且恢復成人類。

於是我就先把肩膀以下的部分浸在熱水裡，思考接下來該怎麼辦。溫泉水幾乎是不透明，所以距離一公尺半左右就完全看不見對方的身體了，但我也沒有就這樣繼續享受溫泉之樂的精神力。裝備上亞絲娜在第四層幫我製作的泳褲或許多少會有點不一樣，但是露出呆滯表情把脖子底部都泡在溫泉裡的亞絲娜不知道為什麼不那麼做，所以我也猶豫起到底該不該打開視窗。

果然還是直接慢慢脫離才是最佳選擇嗎……當如此判斷的我準備開始在熱水當中橫向移動時，在亞絲娜對面泡湯的基滋梅爾就開口說：

「對了，關於剛才的飛針……我也不是沒有想到要如何對應從上面滲出的毒液喔。」

「咦……」

由於那正是我想問基滋梅爾的事情，剛往後十公分的身體就忍不住往她那邊靠近。結果途中亞絲娜就半瞇起眼睛來看著我，我只能放棄繼續接近並等待基滋梅爾繼續說下去。

「如果那種飛針真的是修馬爾戈亞的刺，那麼人族的勇者賽魯姆與龍戰鬥的故事應該可以作為參考。我記得賽魯姆是得到精靈賢者的幫助，製作了防止邪龍毒素的道具……」

「喔，喔喔……那個道具要如何製作呢？」

我忍不住探出身子，不過這次亞絲娜也看往基滋梅爾的方向，所以沒有被瞪。

「那名賢者是黑暗精靈？還是森林精靈？」

面對我接二連三的問題，騎士輕輕聳了聳肩。

「那是我小時候從祖母那裡聽來的故事……抱歉，我不記得詳細的內容了。但是，黑暗精靈的神話傳述者應該會記得修馬爾戈亞故事的詳細內容。」

「傳……傳述者？要到哪裡才能遇見這個人呢？」

「拜託是在已經開通的樓層，而且距離主街區不要太遠的地方！」，結果這個祈禱的實現度簡直超乎我的想像。

「就在這座城裡。由於年紀相當大了，所以一整天裡有一半時間在睡覺，不過中午時到圖書室去的話就能見到本人了。」

「喔喔！」

原本想接下去說「Lucky！」，最後還是忍了下來。雖然尚未確定可以製作出解毒藥，但是光有這種可能性就很謝天謝地了。

另一方面，亞絲娜似乎對其他事情有興趣，只見她晃動著水面把身體重新轉向基滋梅爾。

「我到目前為止都還沒遇過年邁的精靈……那位傳述者外表看起來年輕嗎？」

「因為長老們很少到城市外面。關於外表嘛……我很難有所評論。」

「說……說得也是喔。很期待能夠見到面。」

「那就好──好了，我差不多要起來了，你們呢？」

騎士一問之下，我們就忍不住面面相覷，兩個人同時回答「我也要起來了」「我也要出去了」。保持蹲姿轉過身子，在水中行走到男性脫衣處──完全搞不懂共用澡堂只有脫衣處分開的意義為何──才想到還有一件事情沒問，於是再次轉過身體。

「對了，基滋梅爾──」

下一刻，起身騎士的上半身以及想用雙手擋住其上半身的亞絲娜就衝入眼簾，於是我便急忙移開視線。

「嗯，什麼事啊，桐人？」

「那個……到……到休憩所再問吧！那等一下見！」

為了在新的攻擊飛過來前撤退，我就以蛙式游向樓梯。

SAO裡不論頭髮和身體再怎麼濕，只要從水裡上來就能立刻變乾，所以我就踩著濕濡的腳步經過陰暗的通道回到脫衣處，只裝備上內衣褲、黑色上衣與褲子就來到休憩所。由於女孩子們還沒抵達，也沒有其他使用者，我便用有些難看的姿勢坐到牆邊的藤椅上，然後深深呼出一口氣。

我本身絕對不討厭洗澡，但是和亞絲娜組成搭檔之後已經不只一次因為這件事情而遇到麻煩了。在第四層的約費利斯城裡被迫穿上小熊圖案的泳褲，然後頭還被按到水裡，還有幫忙在第三層的黑暗精靈野營地洗澡的亞絲娜守門，然後基滋梅爾還闖入，第二層沒發生什麼事，第一層的話……

「……不對，說起來洗澡根本是組隊的契機……」

輕聲呢喃完，就把茶壺內的冰水倒進準備在矮桌上的玻璃杯內然後一口氣喝乾。

回想起來，剛遇見的時候在任何人面前都不把小紅帽拿下來的亞絲娜，感覺就是因為她來到我在第一層托爾巴納租借的房間，我和她之間的距離才會縮短一些。然後那個時候亞絲娜就是來借浴室。

很不巧的是，她在洗澡時情報販子亞魯戈剛好來訪，發生為了變更裝備而進入浴室與亞絲娜碰個正著的事故，不過如果那時候我沒有租借附設豪華浴室的房間，我們可能就不會像這樣組成搭檔了吧。

所以不論發生多少次麻煩，都不能憎恨艾恩葛朗特的浴室……不過下次一定要好好確認男浴池和女浴池到底有沒有分開才行。

當我下了這個新的決心時，畫有○符號的擺門就被推開，亞絲娜與基滋梅爾回到休憩所。細劍使身穿首次看到的黃色束腰外衣，騎士則是穿著光亮的紫色睡袍，到了這個時候我才因為回想起在溫泉發生的重大事故，然後兩個人的衣物又比平時單薄許多而反射性移開視線。

不知道該不該說是幸運，亞絲娜關於慘劇的記憶似乎已經被在艾恩葛朗特首次遇見天然溫泉的感動覆蓋過去，用力坐到我旁邊的藤椅上後就以滿足的表情自言自語著：

「呼～……真是太舒服了～……」

一口氣喝光我迅速遞出去的冷水，再次「呼咿」一聲呼出一口氣。

坐在左邊椅子上的基滋梅爾也以優美的動作疊起修長的腳，然後開口表示：

「這座城裡的澡堂確實很棒。很可惜的是在第六層的任務結束後就必須移動。」

「這樣啊，基滋梅爾也很辛苦呢……至今為止收集到的，嗯……翡翠、琉璃以及琥珀祕鑰都放在安全的地方吧？」

「那是當然。就在主館四樓的寶物庫裡。」

「寶……寶物庫嗎……」

——真想去看看，但進去一定會挨罵吧。

相對於浮現這種想法的我，亞絲娜則是說出極其現實的掛念。

「基滋梅爾啊……森林精靈不會又像第四層時那樣，為了搶奪祕鑰而攻過來吧？」

聽她這麼一問就覺得的確是這樣。雖然被厚實岩壁與巨大城門保護著，但是跟四方環繞著湖水的約費利斯城比起來，這座嘎雷城還是比較容易攻略一些吧。實在不認為如此固執地想要奪取祕鑰的森林精靈們，會因為一次的失敗就放棄。

當我們在這裡閒聊的時候，敵兵說不定已經悄悄地摸到城門外了。當我浮現這種恐怖的念頭時，腰部也跟著從椅子上抬起來——但是……

「……不用擔心這種事情。」

由於基滋梅爾如此堅定地表示，我和亞絲娜就認真地凝視著她的側臉。

看見她略帶陰鬱的表情，我便了解她如此斷言的根據。

「啊，原來如此……這座城的外面，精靈們……」

「沒錯。包圍城堡的荒地實在太過乾枯了……不論是黑暗精靈還是森林精靈，都無法在外面長時間活動。雖然城牆內受到靈樹的恩寵保護，但只要這棵樹死亡，我們也只能放棄這座城堡了。」

封測時期來到這座嘎雷城時，我也從給我任務的黑暗精靈——不是基滋梅爾也不是嘎雷伊翁伯爵，是沒有專有名稱的司令官——那裡聽到同樣的內容。當時覺得這也是理所當然的事情，但現在卻浮現新的疑問。

「但是，這樣的話，基滋梅爾要如何去拿這一層的祕鑰呢？雖然可以用靈樹傳……不對，是轉移到第五層和第七層，但祕鑰是在距離城堡相當遙遠的地方吧？」

「正是如此。」

雖然還是能從她點頭的側臉裡感覺到一絲的憂鬱，但基滋梅爾轉向這邊時，臉上已經浮現平常那種從容不迫的笑容。

「不過你們不用擔心。這座城裡準備了危急時到城堡外面的裝備。只要使用那個，應該就能越過荒地。」

一聽到她這麼說的瞬間，我和伙伴就不由得面面相覷。

經過無言的溝通後，亞絲娜就開口說：

「基滋梅爾，這層的祕鑰就由我和桐人去回收吧。跟基滋梅爾比起來我們雖然算不了什麼，但是怎麼說也變強了不少喲。」

「這倒是無庸置疑……」

一瞬間含糊其辭後，騎士就毅然搖了搖頭。

「——不行，我不能如此倚賴你們。因為與森林精靈和墮落精靈的鬥爭是我們黑暗精靈的問題……而且你們想想看。如果不是桐人和亞絲娜在第三層的迷霧森林助我一臂之力，我可能已經被森林精靈的騎士殺害，最多也只能和他同歸於盡吧。這樣的我還可以自己留在安全的城裡，然後將危險的任務都推給你們兩個去處理嗎？」

當然可以了！

雖然很想這麼回答，但是高傲的騎士臉上的表情卻不允許我這麼做。我揮手阻止還想說些什麼的亞絲娜，然後點頭說道：

「我們知道了……那麼，明天我們就一起去取回祕鑰吧。但是千萬不要勉強。只要一覺得不舒服就要告訴我們，說好嘍。」

說到這裡就伸出左手的小指，基滋梅爾像是感到不可思議般眨了眨眼睛。

「手指怎麼樣了嗎？」

「啊，嗯……這是人族的咒語，做出某種約定時要像這樣纏住小指。」

「哦……是這樣嗎？」

確實地勾住基滋梅爾伸過來的右手小指然後上下揮動。下一刻，亞絲娜也叫著「我也要！」然後從椅子上站了起來，移動到基滋梅爾前面來伸出右手。

以左手和和亞絲娜打勾勾的基滋梅爾像是覺得有點癢般笑了起來。

「雖然是奇怪的咒語，但會覺得很開心。我跟你們約好不會勉強自己，你們兩個也得注意自己的安全啊。」

「「那是當然！」」

我和亞絲娜同時這麼回答，騎士就愉快地笑了起來。

繼地下浴場之後，我們被帶到主館二樓的大餐廳裡面。

現在似乎是晚餐時間，這裡可以看到許多精靈的身影。而且上方的小舞台上有兩名穿著華麗服裝的男精靈在演奏琵琶與橫笛，甚至有士兵配合著樂聲壓低聲音唱著歌。

提供的料理跟約費爾城的豪華套餐相比雖然簡單了一些，但是這樣反而比較合我的口味，甚至還多吃了一碗根菜與帶骨肉類一起燉煮的料理。

決定隔天早上的集合時間後，就和基滋梅爾在西翼三樓的走廊上道別——說是如此，其實騎士的房間也在隔壁而已——回到分配給我們的房間。兩人同時呼出長長的一口氣，然後不知不覺地面面相覷。

雖然心想是不是應該對地下浴場的無禮事件道歉，但是從亞絲娜臉上感覺到「別再多話了！」的意思，於是我便閉上嘴巴。打開視窗後發現時間是八點半，如果還有精神的話，這是可以出去「夜戰」的時間，但今天因為攻略迷宮與跨越荒野而有些疲憊，所以兩個人都同意早點就寢。

但是——

我和亞絲娜完全沒有注意到這一天最大的危機正在逼進。

分配給我們的客房是客廳鄰接著寢室的套房。但是和昨天住的房間不同，只有一扇通往寢室的門。

再次面面相覷後，我便橫越客廳打開那扇門。寢室的裝潢也相當豪華，但是只有一張加大雙人床放在正中央。

昨天晚上我睡覺的地方不是床鋪而是沙發，所以今天也這麼做就好了，但那怎麼說也是亞絲娜熟睡之後才能辦到的事情。從搭檔討厭被人特別對待的性格來看，恐怕——

「那個……我睡沙發就可以了……」

「這樣沒辦法睡得好吧。」

雖然想反駁「沒這回事喔」，但實際上真的是這樣，然後亞絲娜也清楚這種情形。

ＳＡＯ裡面的玩家睡著時，躺在現實世界某處的真實肉體也會進入睡眠狀態，這段期間NERvGear也會確實地持續產生虛擬的身體感覺。睡在高級床鋪上時背部會感覺輕柔，在地面上野營的話會有砂石的突起感。當然後者的睡眠會比較淺，有不少時候都無法熟睡就醒過來了。

客廳的沙發尺寸夠大，坐墊也很厚，可惜的是座面分割成山型，所以不適合躺下來睡。在第一層獨自打怪時全都是野營——不過還是用了毛毯——所以不至於睡不著，但亞絲娜能不能接受又是另外一回事了。

「哎呀，我不論在什麼地方都能睡著。亞絲娜妳不用在意，到床上去……」

「我是你攻略的搭檔吧。」

亞絲娜突然打斷我說的話開口這麼表示。我只能點頭表示同意。

「嗯……嗯。」

「這樣的話，把負擔全部推到其中一個人身上應該是錯誤的行為吧。」

由於那是完全無法反駁的道理，我只能再次點頭。

「……嗯……嗯。」

「那就只能這麼做了。」

她拉著我上衣右邊的袖子來踏入寢室，只拉起一半大床鋪上面的棉被。然後用食指在雪白且沒有一絲皺摺的床單正中央畫出一條長五十公分的直線。

「這裡是國境線喔。」

繼在第三層的黑暗精靈野營地裡，住在基滋梅爾的帳篷之後再次出現這個單字，讓我終於忍不住噗哧一笑。由於搭檔立刻瞪了我一下，我只能急忙點頭說：

「知……知道了，了解，understood。」

聽見回答之後，亞絲娜就繃起臉來點點頭，然後把棉被放回去。

關於床鋪的溝通雖然找出了妥協點，但是情況和野營地時有些，不對，應該說有很大的不同。在營帳，也就是帳篷裡面一起躺著睡的話，戶外感可以消除各種問題，但是在正式的建築物、寢室以及床鋪上的話，幾乎所有藉口都會失去效力，床單上畫出來的國境線就跟喀什米爾地區的國境線一樣沒有約束力。

只不過，明明不擅長面對突發事象，但是這種狀況下卻能發揮驚人膽量的細劍使……

「……那我睡在這邊。」

說完就移動到窗戶的另一邊，然後鑽到棉被底下。在背對我的情況下叫出視窗，迅速地進行操縱。之所以聽見棉被裡傳出「咻汪」的聲音，應該是她把居家服換成睡衣的關係吧。

搭檔直接蠕動著鑽進棉被裡，立刻就只能看見頭頂的部分了。看來是採取迅速睡著作戰，我也認為這是正確的方式，於是就觸碰牆壁關上寢室與客廳的照明。

寢室西側的牆上也有窗戶，朦朧月光就透過蕾絲窗簾照射進來。今天早上雖然是陰天，但是中午過後就放晴了，希望明天也能是好天氣……我想著這種無關緊要的事情並從亞絲娜的對面鑽入床鋪。

由於床鋪的寬度大約有一百八十公分，只要極力遠離國境躺在左端的話，至少物理上就不會意識到搭檔的存在。雖不清楚是什麼材質，但床墊具備適中的軟度與彈性，棉被也像羽絨被一樣又輕又暖。雖然很不願意承認，但亞絲娜說得沒錯，客廳的沙發與手邊只有超極耐用是優點的野營用毛毯根本比不上這樣的環境。

頭陷入巨大枕頭當中並閉上眼睛後，即使在這種狀況下還是能感覺到睡眠的妖精悄悄靠近。很好快睡吧快睡吧，然後明天晚上要請基滋梅爾多準備一間房間…………

「桐人，你還醒著嗎？」

「………嗯。」

由於妖精急忙逃走了，我只能乖乖回答搭檔。如果她只是說句「我問問看而已」的話，我該怎麼反應才好呢……雖然一瞬間浮現這樣的苦惱，但是國境線對面卻傳來意想不到的單字。

「那個，不是有『性騷擾防範規則』嗎？就是在第四層羅摩羅先生的工廠裡，你要叫醒我時出現的那個。」

「的……的確是有。」

危險的話題讓我的睡意全消，一邊想著這個話題究竟要朝哪邊發展一邊這麼回答。

「我剛剛突然想到……剛才在澡堂裡面，你不是想把我推倒嗎？」

「不……不是的，我只是想防止妳橘化。」

「但還是推倒了吧。」

「………是的。」

「那個時候，性騷擾防範規則為什麼沒有發動？」

——為什麼呢？

沒辦法立刻回答的我拚命轉動思緒。

「呃……因為一起組隊所以沒有出現……？不對，第四層的時候也是同隊……是根據接觸的時間……應該也不對，第四層時應該沒有接觸那麼長的時間……」

「應該也不是從接觸的方式來判斷吧。叫我起來的時候只是碰肩膀就出現了，剛才是裸體把我推倒也沒有出現。」

「請不要用這種說法……」

如此懇求著的我繼續思考。

光是碰肩膀就發動的規則，在零裝備狀態下緊靠在一起也沒有發動確實沒有道理。除了小隊狀態和接觸時間之外，還有什麼和工廠與地下溫泉不同的條件嗎？

「嗯～嗯嗯嗯嗯～～…………」

我一邊趕走找到空檔就想偷鑽進腦袋裡的睡眠妖精，一邊繼續思考著。但是軟綿綿的床可以說極度輕柔，要是再這麼舒服的話我整個人就要輕飄飄…………

「…………啊。」

當我快滾落睡眠深淵的瞬間，這樣的情況剛好給了我提示，於是就輕叫了一聲。

「那個時候……亞絲娜在睡覺吧。」

看來搭檔也已經昏昏沉沉，遲了一會兒後才有所回應。

「……咦咦？因為我在睡覺規則才發動的嗎？意思是醒著的時候就不會發動……？」

「……沒有，也不是這樣……但是，我也只能想到這個原因……」

「嗯…………」

再次持續了數秒鐘的沉默，暫定搭檔再度說出意想不到的發言。

「小指……」

「啥？」

「右手的小指借給我。」

在棉被裡蠕動著小指的我，想起無形境界線的事情。

「但是這樣就越界了。」

「一根手指的話沒有關係。來，快一點。」

「好的……」

畏畏縮縮地動著右手，從床鋪中央線附近伸出小指。

一陣子後，似乎是亞絲娜左手小指的物體就觸碰我的手指然後緊緊夾住。我的手指也反射性纏了上去。

「嗯……這是什麼意思？」

「安靜一下。」

「…………」

「……果然沒有出現防範規則的視窗。那在這種狀態下睡著，醒過來的時候出現視窗的話，你的假說就有一定程度是正確的吧。」

「…………原來如此……」

覺得這個理由算是可以接受的我，隨即放鬆身體的力道。亞絲娜也稍微放鬆小指，出聲呢喃著：

「那麼，晚安了……」

「如果出現視窗，也不要因為睡傻了而按下按鍵啊。」

「知道……了啦……」

「晚安。」

之後棉被之國就完全籠罩在寂靜之下，只聽見國境線的另一邊傳來細微的鼻息。

我也再次閉上眼睛，但是互碰的小指傳遞過來的微溫，一直不允許我的意識變矇矓。

性騷擾防範規則的構造確實讓人在意，但我和亞絲娜在這一層還有許多事情要做。「史塔基翁的詛咒」任務仍處於中斷狀態，而且也得進行樓層攻略，另外公會旗也還沒決定該怎麼處置，明天開始就得和基滋梅爾一起挑戰「瑪瑙祕鑰」回收任務。然後最重大的問題是ＰＫ們的存在。

就算想探索他們特異的思考也沒有意義。至今為止明明已經數次如此告訴自己了，但就是會忍不住去想。

摩魯特、短刀使以及黑斗篷男為什麼要讓DKB和ALS發生紛爭呢？這樣的行為明明會讓死亡遊戲的攻略……也就是從電子監獄解放出來的行動受到阻礙。

不論他們的動機為何，光是為此而想要殺害亞絲娜這一點就讓我饒不了他們。我絕對不會再讓那些傢伙凶惡的刀刃接近亞絲娜了。

一瞬間被連自己都感到驚訝的強烈衝動襲擊。

不只纏住小指，想緊握住搭檔的手，把她拉過來用雙臂緊緊抱住。想藉由這麼做來傳遞自己絕對會保護她的意志。

但是我不可能這麼做。我和亞絲娜的搭檔關係恐怕不會永遠持續下去，而且也不能夠這麼做。在她成為率領攻略集團，以領袖身分給予所有玩家希望的存在之前，我會持續把封測玩家能夠傳授的知識全都教給她。這就是我的任務。

全身的力量慢慢消失，我呼出一口氣，確認交纏的小指帶來的觸感。

……晚安。

再次在心中這麼呢喃，我終於把意識交給降臨的睡意。

（待續）

後記

謝謝您閱讀這本Sword Art Online刀劍神域 Progressive 5〈黃金定律的卡農（上）〉。

上一集的刊行是二〇一五年十二月，所以真的讓大家等待了兩年以上。實在很抱歉。然後也要為本系列首次出現上下集說聲對不起！

這個SAOP系列基本上是以一本一層的速度來推進，不過每一集一定會有某個地方（像是任務、樓層攻略或者魔王戰之類的）以摘要的形式來呈現，我的內心一直很在意這一點……所以本集才想盡量全部寫出來，結果開始撰寫後才發現要一集結束的話，許多內容，由其是與基滋梅爾有關的部分就必須省略掉，而這也讓我感到非常可惜，所以就說好這次分為上下集讓我好好地寫個過癮。也因此在許多地方都只寫到一半這本上集就結束了，不過下集預定馬上就會出版，所以請大家再稍等一會兒就能上到第七層了！

讓我們稍微談一下內容吧……作為第六層主題的「益智遊戲」，是因為我本來就想寫益智遊戲的樓層了，雖然我自己並不是很擅長RPG裡頭的益智遊戲機關（笑）。由其是MMO的那種必須許多人合作才能突破的機關，總是會讓我浮現只有我失敗而挨罵的情況，結果肚子就開始痛了。我預定在下集讓桐人遭遇這樣的試煉，請幫他加油，讓他能夠一次就成功吧！

再來就是應該會有擔心「桐人和亞絲娜的距離每集都在縮短真的不要緊嗎？」的讀者，其實我也很擔心！怎麼說Progressive篇都是以接續本傳為前提，一開始感情太好的話時空會產生錯亂，到時候就很麻煩了，我只能以「嗯，最後應該會沒問題吧？」的不負責任態度，把今後交給他們自己去發展。

然後是幾項宣傳……遊戲《奪命凶彈》幾乎跟本書在同一時間發售（註：此指日版）。這款以ＧＧＯ為舞台的遊戲，是家用遊戲機系列首次出現原創主角，希望大家能夠使用他跟桐人以及亞絲娜一起冒險。另外手機遊戲最新作品《關鍵鬥士》是從艾恩葛朗特第一層開始攻略的ＭＭＯＲＰＧ，可以說就是Progressive描寫的世界，請大家也務必體驗看看！

最後還是要跟再度因為我把時間拖到最後一刻而倍受困擾的插畫家ａｂｅｃ老師，責任編輯三木先生與安達先生說聲真的很抱歉＆謝謝你們！另外下集也要請大家多多指教嘍！

二〇一七年十二月某日　川原 礫

國家圖書館出版品預行編目資料

Sword Art Online刀劍神域Progressive / 川原礫
作 ; 周庭旭譯. -- 初版. -- 臺北市 : 臺灣角川,
2018.12-
冊 ;　公分

譯自：ソードアート・オンライン プログレッシブ
ISBN 978-957-564-619-6(第5冊 : 平裝)

861.57　　107018003

Kadokawa
Fantastic
Novels

Sword Art Online刀劍神域 Progressive 5

(原著名：ソードアート・オンライン　プログレッシブ5)

2018年12月19日 初版第1刷發行
2023年10月2日 初版第3刷發行

作　　者：川原礫
插　　畫：abec
日版設計：BEE-PEE
譯　　者：周庭旭
發 行 人：岩崎剛人
總 編 輯：蔡佩芬
副總編輯：朱哲成
美術設計：吳佳昫
印　　務：李明修（主任）、張加恩（主任）、張凱棋
發 行 所：台灣角川股份有限公司
地　　址：104台北市中山區松江路223號3樓
電　　話：（02）2515-3000
傳　　真：（02）2515-0033
網　　址：www.kadokawa.com.tw
劃撥帳戶：台灣角川股份有限公司
劃撥帳號：19487412
法律顧問：有澤法律事務所
製　　版：尚騰印刷事業有限公司
ISBN：978-957-564-619-6